逐云而居

〔法〕杰米娅·勒克莱齐奥　〔法〕J.M.G.勒克莱齐奥　著

张璐 译　〔法〕布鲁诺·巴尔比 摄

人民文学出版社
PEOPLE'S LITERATURE PUBLISHING HOUSE

著作权合同登记号　图字 01-2016-7373

Jemia et J.M.G. Le Clézio
Photographies de Bruno Barbey
Gens des nuages
© Editions Stock, 1997

图书在版编目（CIP）数据

逐云而居 /（法）杰米娅·勒克莱齐奥，（法）J.M.G. 勒克莱齐奥著；
（法）布鲁诺·巴尔比摄；张璐译. – 北京：人民文学出版社，2016
ISBN 978-7-02-011782-6

Ⅰ.①逐… Ⅱ.①杰…②J…③布…④张… Ⅲ.①散文集–法国
–现代 Ⅳ.① I565.65

中国版本图书馆 CIP 数据核字（2016）第 139204 号

责任编辑：甘　慧　何家炜
装帧设计：高静芳

出版发行　人民文学出版社
社　　址　北京市朝内大街 166 号
邮政编码　100705
网　　址　http://www.rw-cn.com

印　　制　上海利丰雅高印刷有限公司
经　　销　全国新华书店等

字　　数　60 千字
开　　本　720×1000 毫米　1/16
印　　张　7.5
版　　次　2017 年 1 月北京第 1 版
印　　次　2017 年 1 月第 1 次印刷

书　　号　978-7-02-011782-6
定　　价　48.00 元

如有印装质量问题，请与本社图书销售中心调换。电话：01065233595

Gens des nuages

献给哈莉雅，

献给她的子女，

献给她的孙子女。

序	13
德拉谷道	23
沙漠	31
撒瑰亚・哈姆拉	41
陵墓	61
特拜拉巨岩	85
塔里卡,道	105
跋	115

感谢您，令所到之处生机勃勃
如春雨浸润大地
感谢您，让恩泽之景处处呈现
如芳华映入凡眼。

您以圣光指引旅者走向终点
亦如星月点亮夜之昏黑。

真主不容您错过一个角落，
啊，您将千古不朽
铭刻于世人心骨！

艾布·麦得彦
《拉[1]之诗》

---

[1] 原文为bir，Bir Ismaël表示井，来自于闪语族，闪米特人将泉水称为bir（埋藏的宝藏）。

序

想将这段经历成书的念头终将成真时,我们发现似乎只能写成报告的形式:一份回到家族根源的报告,一份回到杰米娅家族起源地撒瑰亚·哈姆拉(红河)的报告。

杰米娅从小就了解自己的身份。母亲总是照着自己撒哈拉人种的身份和肤色对杰米娅说,自己是哈姆拉尼亚人,也可以说是"红肤族"。

重返起源之地并非易事,更不用说这片偏远之地了。这里沙漠环绕,几经战乱岁月,与世隔绝,留在这里的人,命运早已无人知晓。撒瑰亚·哈姆拉是一片干涸的河谷,位于摩洛哥最南端,越过杜拉河谷,就在西班牙长期占领的名为金河的那片土地中心。要去那里,必须走上几千公里,翻过阿特拉斯山、安蒂阿特拉斯山和卡扎高地,直到圣城斯马拉。

然而,寻根之难并不在于距离之远,也不在于潜在的危险(我们被告知说这一地区尽管和平,但是仍有地雷带来的危险),而在一种差异,作为阿鲁西依纳人后裔的杰米娅与留在沙漠的家族其他成员之间的差异。

这一距离或许才是最难逾越的。因为去新世界游历开眼是一回事，重拾过去是另一回事，自己的过去如同自己未知的面孔。

杰米娅和JMG，我们刚刚相识就谈起过撒瑰亚·哈姆拉河谷之旅。当时的境况，我们各自的工作，我们关于家庭的顾虑——杰米娅在读法律，JMG正为印第安世界和墨西哥所着迷——，还有游牧部族阿鲁西依纳大部分领地上混乱的局势，均使得寻根之行难以实现，甚至不能实现。

我们总是说着要回去，我们又总把回归看成无可企及的梦想，随着岁月的流逝，寻根成了藏在寻常日子背后的秘密。

为了让寻根的梦想沾上更多现实色彩，JMG写下了小说《沙漠》，围绕传奇人物玛·艾尼纳教长展开，十九世纪末，他作为精神领袖，成功地在斯马拉和撒瑰亚·哈姆拉河谷集结了一批战士，组成军队，抵抗法国和西班牙殖民势力的入侵。杰米娅的母亲跟我们谈起过玛·艾尼纳，算是家族的一个远亲。她总是惋惜没能拿回起义时期交给玛·艾尼纳的自家家谱。教长正是将这份文件与沙漠的其他居民的家谱结合起来，算出了能够参加战斗的男丁的数量。写小说时，JMG也产生了相近的愿望，想寻找那断掉的根。而杰米娅则开始搜索资料，为写关于西撒哈拉的法律硕士论文做准备。

但是寻根之旅依旧如空中阁楼。去红河谷远难于去毛里求斯、罗德里格斯、墨西哥和中国。当我们再次提起，似乎这座河谷已非凡间之地，成了失落的国度，神话之所，在非洲海岸某处显现，又陷入永恒的时间之中。就像一座永远无法到达的岛屿。除了施展魔法，还有其他办法能去那里吗？

事情就是这么突然，当我们不再去想，这场旅行反而变成了现实。就在我们不再期待的时候，机会自己来到了我们身边。我们可以用平常心谈论起来，仿佛只是去一个遥远的省份旅行。撒瑰亚·哈姆拉、西迪·艾哈迈德·阿鲁西、斯马拉、玛·艾尼纳教长，这些传奇的名字忽然变得现实。一切都只是走几天路，在哪里歇脚，选择哪种旅行工具的问题。回归之旅成为了路线问题。

这场旅行的意义差不多就是这样，将撒瑰亚·哈姆拉从模糊的想象带到现实。那时我们充满好奇，多年的期待让我们无比亢奋。去听阿鲁西依纳人说话，靠近他们，接触他们。

他们以什么为生？

他们还有骆驼和山羊群吗？他们是否依旧饲养鸵鸟？

他们有多少人？

西迪·艾哈迈德·阿鲁西建立部族几个世纪以来，族人是否有所改变？他们如何适应各种变化？在现代生活的新需求下，他们依旧与沙漠和谐共生吗？

我们渴望聆听杰米娅的母亲传给她的那些名字，如同远

凯尔杜斯地区，提兹尼特和泰夫劳特之间的阿特拉斯山风景。

古传奇在耳中回荡。现在这些名字拥有了不同的意义，鲜活而饱满：蓝衣女子；主麻日礼拜，杰米娅的名字正是由此而来[1]；谢里夫[2]部落，先知的后裔；扎马尔族，骆驼之族；穆扎纳族，追寻雨水的云之族。

我们不假思索就出发了，完全不知道将去到何方，甚至不确定能否走到终点。我们没有地图，因为唯一可用的地图是米其林出版的，比例尺是1比100,000，只标了斯马拉的位置，完全没提到西迪·艾哈迈德·阿鲁西陵墓的地点。

路线并不重要。唯一引导我们的路是44号公路，从坦坦出发，穿越杜拉河谷，一路向南，越过卡扎高地，往艾巴泰赫和斯马拉方向走。

这条公路径直穿越戈壁，通向圣城斯马拉，我们准备沿着这条大路的走向旅行。去之前我们想象狂风用砂砾将圣城覆盖，想象酷热，想象海市蜃楼，还有孤寂。坦坦与斯马拉之间约三百公里。在法国、美国，甚至摩洛哥北部，这都不算什么。但在这里？三百公里一片空旷，没有水源，没有村镇，没有森林，没有山脉，人如行走在外星。我们忆起穿过墨西哥北部希梅内斯市附近的马皮米沙漠。还有约旦，那条阿兹拉克城堡附近笔直切断沙漠的大路，一直通向伊拉克边

---

[1] 主麻日礼拜阿拉伯语转写为 jumát，杰米娅的名字 Jemia 由此而来。
[2] 原文摩洛哥阿拉伯语 chorfa，即 chérif，谢里夫，先知穆罕默德的后裔。

境，海湾战争时期，无数半挂车亮着所有的大灯在这条公路上行驶。斯马拉的公路也是如此吗？又或者是一条尘雾缭绕的小道，为的是逃开地球上最不适宜人类居住的地带？幸而有地图这个东西，精神旅行得以展开。我们仔细琢磨每个细节，读出每个地名，跟随河流走向圈圈画画，直到河流消失在沙砾之中，我们标出各类水井，有永久的，有临时的，有比尔[1]深井，也有含泥土和咸味的哈西[2]，我们试着估算等高线，猜测人和畜群所走的小道，勾画他们在宿营地支起帐篷的地方。所有这些名字如歌如诗：杜拉河谷沙漠、加阿沙漠、伊姆利科理山、努恩河谷、迪里斯山、斯马拉城、泽穆尔·阿哈勒地区、瓦尔克济兹山。

这些地名具有魔力。故事如尘埃般从名字上方腾起，由各种传奇、各种传闻幻化而成。在大绿洲阿塔尔、辛盖提、瓦拉塔中，人们领着骆驼集结一处，在水边支起帐篷，笛声悠扬，女子们翩翩起舞，歌声不断，男人们讲述英雄故事，或以情诗一较高下。

正是在这片沙漠里发生了第一次起义，穆拉比特[3]号召发动圣战，玛·艾尼纳裹在宽大的海蓝色赫库特（头巾）里，

---

[1] 原文为 bir，Bir Ismaël 表示井，来自于闪语族，闪米特人将泉水成为 bir（埋藏的宝藏）。
[2] 原文为 Hassi，北非常用地名，意为井。
[3] 指居住在兼有宗教和军事双重功能的堡垒式寺院中的伊斯兰教社团成员。

泰夫劳特附近的安蒂阿特拉斯山。

激励自己的儿子穆罕默德·拉格达夫和"小黄金"阿赫迈德·埃尔·德希巴,与他们的骑兵、单峰驼一起,与装备了机枪大炮、世界上最强大的军队之一战斗,他将带有巫术的沙子吹向敌人,向战士们预言他们将所向披靡。

我们踏上了去南方的路,仿佛已然从梦中醒来,然而毋庸置疑,途中见到的每个景致都是梦中之物。

德拉谷道

> 帐篷之外，是沙漠冷夜。
> 帐篷之内，暖光一扫黑暗。
> 任凭荆棘外衣覆盖大地！
> 这里是属于我们的甜蜜花园。
>
> 鲁米，《玛斯纳维》第一卷。

沙漠之门就在这里。

这是座奇特的门，更像门廊，由水泥固定，其上一对单峰驼浮雕嘴对着嘴，大道从门下穿过。这座大门曾被卡里克斯托[1]拍下，他追随葡萄牙人吉尔·艾阿尼什[2]的脚步来到这里，后者可是一四三四年来撒哈拉沙漠探索的欧洲第一人！

坦坦（我们更青睐奥劳拉[3]这个名字，更加甜美）是一座军营之城：散乱的房屋，一座军营，尘埃，沙漠的冷寂。大

---

[1] 瓦斯科·卡里克斯托，（Vasco Cllixto, 1925– ），葡萄牙旅行作家、记者，1965年起发表大量旅行作品，包括"在亚洲之门旅行"、"穿越摩洛哥的大道"等。
[2] 吉尔·艾阿尼什，（Gil Eanes, 1395–？），十五世纪葡萄牙航海家、探险家，曾多次沿非洲大陆西岸航行，穿越了博哈多尔角，逾越了欧洲当时传说的世界边缘。
[3] Aoreora，有曙光或曙光女神之意。

海距此两步之遥,一片广袤的灰色沙滩,被风侵蚀的海边悬崖,和西班牙马拉加海岸一样光秃秃的。这里有间鬼屋一般的酒吧旅馆,几条狗在沙滩上游荡。大片罐头食品厂的轮廓隐隐约约。一派世界尽头的景致。这番景象像在智利、在秘鲁。其实在这里,长久以来,地球已经停止转动。文明止于北部,止于提兹尼特、盖勒敏。

我们期待见到的是杜拉河谷。

我们在地图上看过这个河口,在脑海里沿河而上,这是摩洛哥最长的河谷,如同一片非凡的岩石海洋,我们把它想象得跟死海、约旦河、萨尔河的大河谷一样宏伟。一条断裂带戏剧化地将撒哈拉与土地丰饶的非洲大地分开,五千年前,柏柏尔人与非洲黑人正是在这里第一次交锋,随后融合成了摩尔人。

我们毫无预兆地来到了杜拉河谷。翻过光秃秃的干旱山脊,瞬间便如同身处海潮冲出的海谷深处。

这里是世界上最古老的地形之一,页岩和砂岩构成的山丘缓缓起伏,组成通向沙漠花岗岩基底的第一级台阶。还有些丛丛簇簇的小灌木,几棵阿甘树[1]、阿拉伯胶树,指明了地下水非凡的存在。远处云雾遮蔽下,隐约能辨认出河谷的另一面谷壁,卡扎高地的边缘。

---

[1] 又名刺阿干树或摩洛哥坚果树。

德拉谷道

道路是一条长堤,穿过卵石遍布的沙滩和几乎干涸的水道。就是这里。德拉正是在此。没有什么惊天奇景,可我们的心跳得飞快。

这条隐约不见的江水源于一千公里远处阿特拉斯山的雪水,它孕育了摩洛哥最古老的柏柏尔人文化。一八九七年二月,玛·艾尼纳教长正是在这条德拉谷道上沿谷而上,翻越沙尔霍山,在沙漠蓝衣人军队簇拥下,来到马拉喀什城与穆莱·阿卜杜勒-阿齐兹苏丹会面。这趟旅程隆重而热烈。每座谢鲁赫人村庄都派来使者,年轻人不断加入队伍,为年老的教长和他的儿子德希巴欢呼喝彩,他们是要将占领摩洛哥海岸的外国人驱赶出去的大救星。

一九一○年,他们在卡斯巴塔德拉战役中失利,败给芒然将军的士兵,也正是在这条路上沿谷而下。在霍奇克斯机枪扫射中,军队伤亡惨重,又为饥饿疾病所困,最终被轰炸过阿加迪尔的卡斯马奥装甲舰的大炮所摧毁。

玛·艾尼纳的儿子德西巴的扎乌亚,凯尔杜斯。

我们穿越杜拉河谷干涸的河床的时候,JMG总是禁不住跑去观察荆棘丛、阿甘树丛、远眺山丘,仿佛下一刻就能看见玛·艾尼纳时代的蓝衣人,他们与家人、牲畜群一道,走在通往马拉喀什城的大道上。然而,老教长没能与穆莱·哈菲兹在菲斯城汇合。他意图建立撒哈拉联合游牧部落联盟去击退海边的法国、葡萄牙、西班牙侵略者的梦想被击得粉碎。一九〇八年，穆莱·哈菲兹在胁迫之下认可了阿尔赫西拉斯条约，使得摩洛哥处在法国的监控之下，强制家园尽毁的摩洛哥人民背下了2.06亿法郎的债务作为战争补偿。尽管一九〇九年十月七日，玛·艾尼纳向苏丹递交了归顺信——信由他的儿子阿赫迈德·德希巴签字——，法国依旧决定杀鸡儆猴，惩罚"沙漠苏丹"的傲慢狂妄。去菲斯城的路上，来自撒哈拉绝大多数部落的六千名战士组成的军队——雷盖巴特人、贝里克·阿拉人、乌利德·德里姆人、提德拉林人、阿鲁西依纳人、扎尔吉依纳人、艾特·拉赫森人、艾特·巴·阿姆兰人、泰科纳人、乌利德·布·斯巴人——败在了仅有两千五百人的现代军队的战术与强劲火力之下，这两千五百人中三分之二是塞内加尔土著步兵和摩尔雇佣兵。

正是在这里，在杜拉河谷宽阔的河口处，经历了这史诗般的战役。风从海上吹来，带走了蓝衣人的记忆，刮去了他们所向披靡的传说。在上游靠近阿特拉斯山山顶的地方，湍急的水流冲向德拉河，浇灌着谢鲁赫村庄的大麦和小麦田，在塔塔、在艾斯基德河口……更远些，在沙

玛·艾尼纳的扎乌亚内部。

漠边缘，扎戈拉、瓦尔扎扎特、达戴斯河河口，德拉河在棕榈林边流淌的地方，这些村庄依旧沉睡于千年过往之中。

在提兹尼特迷宫般的伊斯兰老教区尽头，是玛·艾尼纳的陵墓，被石灰墙所包围。这就是摩洛哥人说的扎乌亚[1]，既是墓葬之地，祈祷之处，又是旅者的庇护所。蓝天下的避风地，寂静安宁。走进建筑，我们在墓前停留片刻。一座由数块黑色石块围成的巨大圆圈，是穆莱·阿尔迈德·穆罕默德·法德勒的墓，人称玛·艾尼纳，眼之泉；另一座小一些，是他的妻子拉拉·迈姆纳的。在他妻子旁边安息的人是撒哈拉伟大领袖之一，参加了多个南部宗教团体，有穆莱·本·阿扎的卡德里阿，还有毛里塔尼亚拉祖阿德的贝卡亚。他也是古德菲亚教团的建立者，或许是摩洛哥苏菲派的最后几个阿克巴尔教长之一，拥有属于自己的念珠，写下了无数神学论著，是天文学家、诗人，也是奇术士，会读心术，吹起沙子就能治愈疾病。

在狭小静谧的建筑里，墓显得宏伟而谦卑：一圈石头上覆盖着毯子。一间小厅与陵墓相邻，里面空空如也，笼罩在阴影之中，等待朝圣者的到来。我们不敢去问，但是我们觉得，当时就是在这个小厅里，玛·艾尼纳把头靠在拉拉·迈姆纳的膝盖上，咽下了最后一口气。

---

[1] 扎乌亚，一种兼做学校、诊所、客房、祈祷处的伊斯兰教设施。

塔鲁丹特附近陶伊特的棕榈林。

沙漠

> 勿问情字何能!
> 但观世间缤纷。
> 万水奔流其时同。
> 真理永存太阳之脸。
>
> 鲁米,《玛斯纳维》,第一卷。

没有什么比走进沙漠更让人心潮澎湃了。每片沙漠均不相同,然而每次心跳却更加激烈。

我们俩一起,经常出入几片沙漠,尤其在美洲。新墨西哥的白沙国家公园一望无际,墨西哥的索诺拉沙漠热浪滚滚,某些部分低于海平面,气温已到忍受的极限。墨西卡利和索诺伊塔之间的下加利福尼亚沙漠呈月牙形,一片赭石颜色。还有希梅内斯市附近的马皮米沙漠里,西朗斯区的地面落满陨石碎片。

从杜拉河谷向下走,才真正进入了撒哈拉。杜拉河谷南岸是陡峭的悬崖,如同另一个世界。悬崖一边是仙雾缭绕的山谷,有着人类的足迹;另一边则是坚硬的石基,处处是尖锐的黑石。我们的旅程和维厄尚热[1]那时一样奇特，就像他在本子上记录的一样，他为了成为"自己民族第一个"进入斯马拉城的人，也走过这条道。尽管从各方面来看我们的旅行都与他的相去甚远（首先我们的行程相比之下更加便利），我们对他那时的情感，那时的急不可耐却感同身受。

卡扎高地依旧和他看到的一样，无边无际，景致单调，几乎像坟墓般阴森，它的美超出了人类的感悟范围。一片矿石的世界：越向南去，杜拉河谷周围的绿色植物越少、越弱、越黑，最后一棵也不剩。道路沿着某种狭道、条痕、沟槽向前伸展。远处，岩石丘陵呈现蓝色，很不真实：单面山[2]、沙丘、缓坡。有这么几处，大地闪耀着光芒，仿佛在灰色天空洒下一束圣光。没有别处更让我们觉得如此接近地球的石基，接近这永恒的硬芯，似乎有一天，这硬芯会变成庞大的铁陨石。当然我们也被光和太阳所触动。我们就像粘在高大玻璃窗上的小虫，在大地与天空这两块研磨板之间不能动弹。

风之景，空之景。

这是一片过去被水流侵蚀的地区，有一天水退了下去，露出了河床、老沙滩、河道，还有波浪击打崖壁留下的痕迹。

---

[1] 米歇尔·维厄尚热（Michel Vieuchange，1903–1930），法国探险家。
[2] 原文 cuesta，西班牙语。

沙漠

　　水无所不在：我们行驶在这条笔直的道路上，水出现在远方，波光粼粼。安静的几片大湖，有着天空的颜色，长长的支流清澈见底，在我们面前打开双臂，又在我们背后合上双臂。这是我们梦中的水。我们似乎看见了些水鸟，或是房屋，还有这些绿洲边上的黑影。云之族的传说讲的就是几千年前，摧毁了这片土地的大暴雨（地质研究已经证实），那时候的人不过是这片景致中柔弱而短暂的剪影。暴雨来势汹汹，将山上的花岗岩连根拔起，劈开河谷，将高楼般的燧石岩一直冲进大海。

　　杰米娅梦想的也正是这片风景。故乡的记忆或许深藏在她的基因里，甚至在第一次去新墨西哥的时候，在格兰德河或者叫做普埃科河[1]的河谷里，她曾以为见到了自己的故乡，沙色与赭石色无边无际，印第安人的岩滩呈现蓝色，天空没有尽头，点播着几朵泡沫一样的云。现在她重见故乡的风景，她将风景记在心里，不断翻看。

　　在这片平坦的土地上，每一刻都是新鲜的。白色黏土块，金色、粉色、灰色的流沙，火山灰，黑色的化石条纹。岩石被千年古风侵蚀。杰米娅一整天都保持着沉默：这是她的国度，最为古老的国度，同时也是最年轻的，恰好与人类纪元不期而遇的一片土地。

---

[1] 格兰德河流经美国与墨西哥，普埃科河在新墨西哥州汇入格兰德河。

卡扎是打开记忆的通道，一道门槛，一个进入另一世界的关口。

在这里，时间不再相同。必须抛开自我，清洗内心，才能进入记忆的领域。我们一同旅行，但对杰米娅来说，这是一趟完全不同的行程。她并非单单走在这条道上，走向斯马拉，走向撒瑰亚·哈姆拉。她同时回溯历史，回顾自己的身世，寻找家族的痕迹。她的家族曾离开这片土地，移居到北部地带，移居到城市。我们走的路，正是很久以前她的祖辈所走的路。这里是唯一的通道，沿着高地顶端走向谢拜卡河干涸的河谷，走向努恩河谷。海边的道路太长太险，在西班牙占领军的掌控之下，又有提德拉林、伊姆拉根雇佣兵时刻

准备着盖祖，即抢掠。这条直路安全地通向杰米娅的家族决定去往的塔鲁丹特。这是一八八八年，卡米耶·杜勒所走的道路，他结束冒险旅程，赶赴莫加多尔城，准备登船回法国。这也是米歇尔·维厄尚热所走的路，他满怀希望来到斯马拉，回程时踏上的却是临终之路，被像俘虏一样捆在单峰驼一侧的箩筐里，身体遭阳光灼伤，又因高烧而冰冷。直到伊夫尼，直到死亡。

他们，这些欧洲人，为高傲、好奇所驱，曾试图穿越可

能的极限，穿越地狱之门，只为带给同胞一些影像，一本笔记，还有瞬间就被时间模糊了的照片。

而杰米娅的父母，又是谁带领他们在迁徙之路上行走？

必须想象一下这名女子、这名男子——杰米娅的祖父母，因为她的母亲到塔鲁丹特城时还很年轻——跟他们的孩子一起行走在这条小道上，走了几天，几个月，经历了骄阳灼烤，冷夜寒冻，只带了少许干粮，羊皮袋里只有几口水，他们赶着一群山羊，或许还有一头骆驼。为何有一天，他们要离开属于他们的河谷的庇护，离开有着祖先西迪·艾哈迈德·阿鲁西祈福墓地的地带，奔向如此野蛮、如此可怖的北方地区，到他们一无所知、处处可畏的文明世界冒险？

西撒哈拉的编年史作家西班牙的巴诺哈[1]、英国的安东尼·帕扎尼塔和托尼·霍奇斯（《西撒哈拉历史字典》的两位作者），还有法国历史学家拉夏佩勒和贝尔蒂埃，都提到过击垮了阿鲁西依纳部落的这场悲剧。那是在上个世纪初，一九〇六年，敌对部落布·斯巴几乎将达赫拉东部提斯拉廷地区的男人杀了个精光。这次溃败应该标志着阿鲁西依纳人在撒瑰亚·哈姆拉的衰落：一九一八年，一批来自安蒂阿特拉斯山的柏柏尔人，艾特·乌萨人，入侵了阿鲁西依纳人的撒播作物区，抢占了阿鲁西依纳人的附属部落乌利德·阿卜

---

[1] 巴诺哈（Julio Caro Baroja，1914–1995），西班牙人类学家、历史学家、语言学家，主要研究巴斯克文化、历史、社会。

杜勒·艾哈迈德人，这些人不再回老主人家。其他附属部落趁着阿鲁西依纳人败仗之后的内部混乱，重新获得自由，并不再支付霍尔玛，即给骆驼奶上的税。除了饥荒和传染病，还有另一个灾祸，法国军队突进阿尔及利亚和毛里塔尼亚撒哈拉地区。部落被新的边界包围，臣服于西班牙殖民者狂妄的统治之下，为了不弹尽粮绝而死，过去与雷盖巴特人共有撒哈拉北部道路控制权的谢里夫部落，只得放弃权力，退居次位。

阿鲁西依纳人不能走到马拉喀什城门处，因为那里已经被法国人占领，也无法走向海岸，因为那里有西班牙雇佣兵把守，杜莫斯南部又被毛里塔尼亚的新边界所挡。过去向北非部分地区提供骆驼、盐、羊毛的阿鲁西依纳人，现在却只能逃生，失去了撒瑰亚·哈姆拉土地的主宰权。

过去由阿鲁西依纳战士保护，在水渠[1]引水灌溉田里种植大麦小麦的附属部落，开始把农产品卖给锡兹内罗斯城[2]和圣克鲁兹的马尔·佩克那[3]的西班牙驻军。过去成为撒瑰亚·哈姆拉牧羊人财富来源的白羊毛，再也找不到直接买主，只能低价卖给西班牙商行，后者再转手卖给摩洛哥人。

或许，正是这场漫长的经济危机促使杰米娅的家族背井

---

[1] 原文为 acequia，西班牙语。
[2] 达赫拉的旧称。
[3] 现在的西迪伊夫尼，摩洛哥西南部港口。

坦坦南部沙漠开始的地方。

离乡,这场危机始于提斯拉廷的屠杀,结束于法国人在廷杜夫和西班牙人在斯马拉的永久驻扎。所以,我们如风般驶过的道路,是一条痛苦与放逐之路。这般风景的每个细节,每块石头,地平线的每个曲折,都意味着痛楚,意味着苦难。女子、男子与其他被迫离开的移民者一同步行走过的这条道路的尽头,没有荣耀,没有福祉,没有奖赏,没有感激。有的只是孤独、放逐、遗忘。

现在,当吉普车顺畅地行驶在卡扎的直路上,我们所想的正是这条放逐之路。回溯时间,从塔鲁丹特到斯马拉,我们逐渐接近杰米娅的家族源头,这个她总是听说却总觉无法到达的河谷。仿佛在那里,能解开她内心的秘密,她、她的母亲和她母亲的母亲,苦难将她们带向一个完全陌生的世界,一个没有庇护、没有福祉的世界,在那里,无人知晓奇迹和幻景,无人了解石、风、寂静和沙漠的世界美在哪里。

是的,我们以风的速度穿过了将杰米娅与她出生前的世界分离的大门。崎岖的岩石、微蓝的峭壁、溪谷、白垩状灰岩、黑石乱岗;在这里,天与地相融。

旅行,旅行,究竟有何意义?

自维厄尚热的双脚在这些石头上留下鲜血始,世界就改变了,变得傲气十足。到处都有道路摧毁掉孤寂,在亚马逊,在西伯利亚,在北极地带的森林,或是泰内雷的沙漠。

但在这里,回到祖先走过的路,理解自己缺少什么,理解自己日夜思念的是什么。重见古老的面孔，重见那将孩子与母亲、与故乡、与河谷相连的深邃温柔的目光。然后理解一切现代世界中令人心痛的是什么，了解是什么在强迫，在驱逐，是什么在玷污，在抢掠：战争、贫穷、流亡，生活在楼梯下小房间潮湿的阴影中，远离清亮天空和自由的风，远离叔侄亲人，远离祖先的目光依旧照耀的陵墓，远离宗教的气息，远离每晚召唤礼拜的声音，远离将这座河谷选为家园的圣人的目光。在陌生的土地上，活着，挣扎着，然后死去，这才是最难的，值得钦佩敬仰。

在这里，每块土地，每处阴影，每片在风中翻滚的石块，每道远处山丘的剪影，都是那么熟悉。每刻逝去的时光，都是一种情怀，讲述着一个故事。不是什么征服和探险的伟大故事，而是一个男人和一个女人逃离家园，毫无重返故里的希望，寻找另一片土地的故事。

在缺失的两代人中，杰米娅是第一个回来的。她越过了这座大门。

撒瑰亚·哈姆拉

> 爱真主的人们,一扇门往往打开
> 一位凡人就将成为
> 恩典现身之处。
>
> 鲁米,《玛斯纳维》,第一卷

若我们期待见到一座真正的河谷,在砂岩里呈现完美的凹形曲线,或许会抱憾而归。

我们毫无意识地走进撒瑰亚·哈姆拉,如乘风而入。

从穿越卡扎高地顶部开始,我们就不知不觉丧失了对海拔的判断。整个地形经过侵蚀、冲刷,只剩下几条冲沟,几座残丘。

河谷令人惊叹之处,在其宽广的空间。这里没有明显可见的河岸与谷壁。有的只是广袤大地的起伏,微蓝色的曲线,如云雾般朦胧。然而很快就出现了最初的水的迹象:灰色的印迹,像无法触知的影子,岩石上一片苔藓,绿色紧贴地面。或许,还有气味。终于,出现了成排的树木,如此遥远,如此模糊,我们觉得更像海市蜃楼。

忽然，真正的水出现了：道路围成的堤坝将雨水形成的溪流围挡起来，水在沟里无法流动。水并不在上游而在下游。这些水洼有什么合乎逻辑的来源吗？这里是湖底，或是海峡，因地壳活动而干涸。

水沟是挖掘机的结果，笔直而丑陋。水是绿色的，一种近似于黄色的绿。静滞，泥泞，是千万飞虫的孵化所，可这毕竟是水。在周围干旱万物的奇妙景致中，这片水有种放荡的意味，在大地的这片伤痕里恣意裸露。

堤坝的另一面，河床还是原来的模样：干涸，如皮肤般布满碎纹。堤坝的两岸悬挂着一些多肉植物和多刺的灌木。

我们脚下曾是大海，那时非洲还与巴西相连，地中海不过是个内陆小湖。大洋占据了十分之九的地球，巨浪不断敲打着花岗岩石基，冲过卡扎高地，越过杜拉河谷。蒸发的水汽形成了硕如大陆的云朵，闪电将岩石击成碎片。随后大海退下，露出这些平原、盆地、冲沟。很久以后（不过从地质年代角度来看还算是昨天），也就是一万年以后，当人类早已占有这些覆盖非洲大地的河谷、森林时，一场暴雨袭来，这或许是地球温度回暖之前的最后一次天降大清洗。

洪水中，天地混为一体，安蒂阿特拉斯山的山头、瓦尔克济兹山的座座山峰、迪里斯山均被洪水冲走，只留下如今断掉堤坝之下这条泥沙流般的通道。随后，沙漠开始形成。今天在地下涌动的暗流，还有斯马拉道路附近挖掘伤痕里的

坦雷盖巴特人在喝茶。

水，依旧是大洪水的一部分，是雕琢了这片大地的暴雨留下的最后的印迹。

云族人常说，以前呢，撒瑰亚·哈姆拉，红河，叫做撒瑰亚·卡德拉，绿河。汉诺[1]在他的《航海行记》的细致叙述中，将这片土地的居民视为埃塞俄比亚人，也就是黑种人。是他们在沙漠形成之前，将生活画面留在了岩石之上。那时从阿哈加尔高原到迪里斯山，撒哈拉均是黄羊、瞪羚、水牛群的天下，是宽广无边的牧场。因此，来这里的人穿越的是地球上最古老的地区之一，是地球最初的民族相遇的地方，狩猎和采集者在这里遇见了最初以马为文化的游牧民族利克希特人，还遇见了最早发明了水渠灌溉系统的农耕民族特罗戈罗迪特人。我们渐渐进入河谷，穿过岩石满布的高地顶端，眼前的风景变得一目了然：正是这里，在这块凹地，大洪水横扫过的地方，藏着一切的开端，就像东非大裂谷约旦河的断层，或是北美格兰德河谷沿线。最初的人类历史始于这里，包括其信仰、政治与家庭体制、科技发明。

人类不属于高山，也不属于大洋海滨，而是属于像这样的河谷，这庞大的凹地，聚集着水与冲积物，无数家族与草木在这里扎根。

或许就像传说的那样，撒瑰亚·哈姆拉在洪水之前，曾

---

[1] 迦太基探险家，曾在公元前630–530年左右在非洲海岸探险。

是利亚德，大花园，覆盖着牧草，流淌着清泉。或许上帝为了惩罚人类的恶，惩罚他们的通奸倾向，他们亵渎宗教的才能，才将云之力降祸于人类。

然而，世上闪耀的伟大文明并非生于天堂。这些文明都源于地球上难以居住的地区，气候最为艰苦的地区。在伊拉克灼热的沙漠地区，在安纳托利亚、朱迪亚、希腊、苏丹。在帕米尔高原的冷寂里，或在秘鲁和阿纳瓦克的高地的严寒中。在危地马拉或洪都拉斯、达荷美、贝宁浓密的森林里。所以，造就了这些文明的不是人类，而是这些地域，仿佛是要通过逆境，迫使这些脆弱胆小的生灵建造住所。撒瑰亚·哈姆拉是人类形成的地区之一。这里是沙漠的分隔带，这条大路两头连接的是沙漠之火与大海的无尽的恶意。

和杰米娅一样（不过还有其他原因），让·玛丽很早就期待到这座河谷看看。他似乎始终幻想着这趟旅行。

儿时的他并不知道这座河谷的名字，对西迪·艾哈迈德·阿鲁西和玛·艾尼纳教长也是一无所知，但是他知道他们存在过。他知道有这么一片地方，能够解释一切，解释历史的源头。

或许这来自他儿时在外婆家看的书，赫伯特·乔治·威尔斯与勒内·卡耶的故事或《旅行日志》的报告混杂在一起，里面都是博尔努、卡诺、上尼日利亚的图瓦雷克人的故事。十三岁时，在依旧是法国保护国的摩洛哥游历之后，他

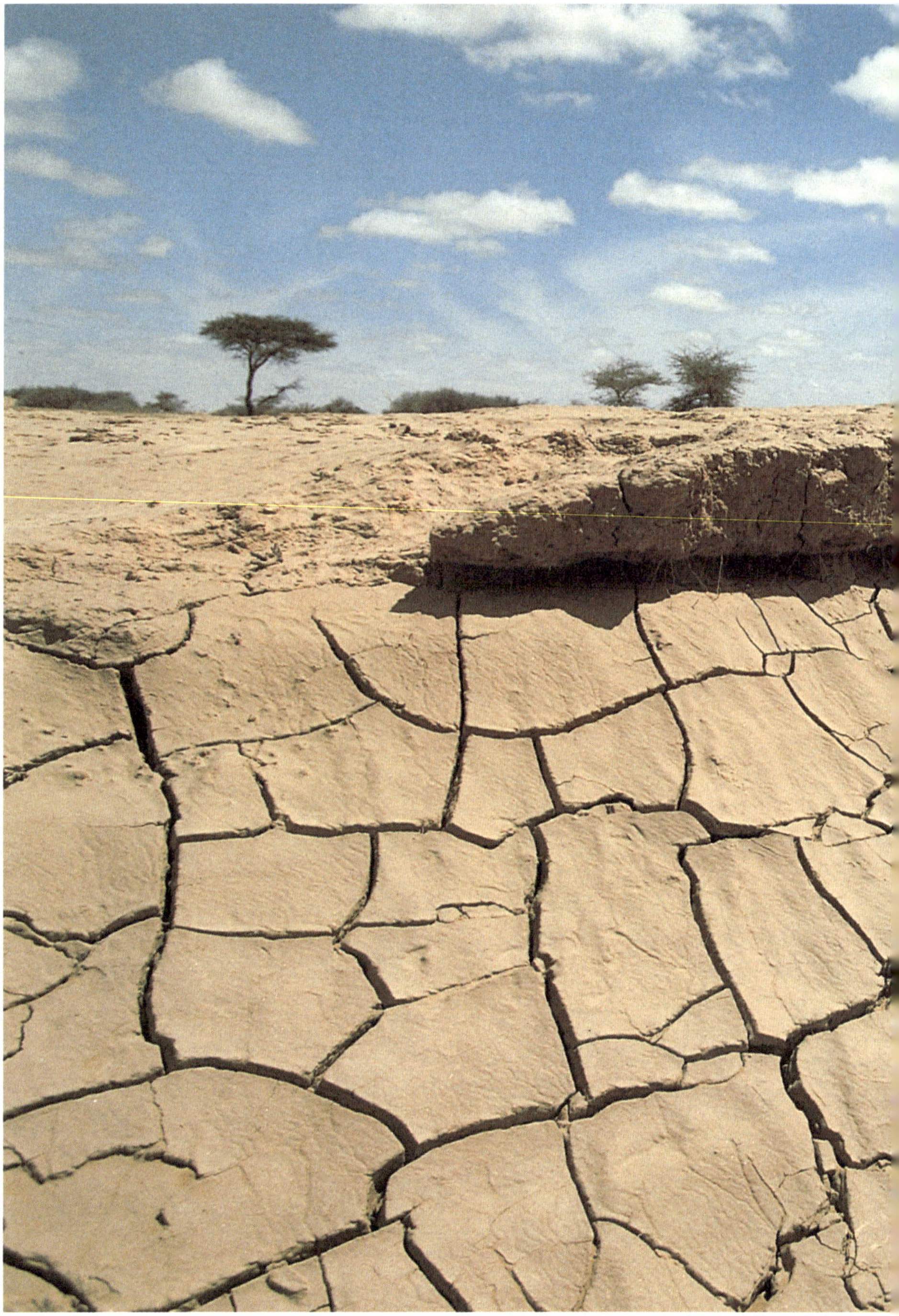

撒瑰亚·哈姆拉的河床。

写了一个有点像冒险小说的故事，身着白袍的教长从沙漠来，与法国人展开激烈的战斗，因人数劣势战败，重新回到南部，回到神秘的国度，那里聚集着没有臣服于殖民者的游牧民族。

这个国度就是撒瑰亚·哈姆拉，最后一个无法进入的地方，一个无数年轻法国人梦想进入的地方：一八八七年，卡米耶·杜勒化装成土耳其人，在他结拉巴长袍[1]的褶皱里藏着的小纸条里草草写下记录；之后是一九三〇年，米歇尔·维厄尚热男扮女装，因想要给斯马拉的城墙残垣拍照而死。

或许今天我们可以提出的责难之一，就是让人太容易走进这过去对异邦人禁止的地区了。然而，尽管我们有越野车和电子导航，沙漠依旧是最难进入、最为神秘的地方。因为沙漠的秘密并不在其可见的自然之物中，而在其魔力，在高于人类理解力之上的难以应付的绝对中。

在西班牙人拉蒙·迈拉塔的小说《荒芜的帝国》中，一个人物谈到斯马拉城用过一个很重的词，说它对于无数欧洲游历者来说是个圈套：玛·艾尼纳教长的宫殿，他的扎乌亚和清真寺时至今日不过是些"空盒子"。里面的宝藏早已不见。真正的宝藏，其实是阿克巴尔教长的精神，他的箴言，特拉米德（信徒）的庇佑，他的祈福，他吹起尘埃的仙气，

---

[1] 原文为jellaba，即撒哈拉阿拉伯人穿的带有风帽的长袍。

还有雷盖巴特人、泰科纳人、阿鲁西依纳人、乌利德·布·斯巴人，这些被称为穆达法族，也就是猎枪民族的反抗部落的力量。宝藏如沙，散落在冲沟的荫蔽里，在水井里，在沙丘凹陷里的矮灌木之上。宝藏存于记忆之中。不仅存于人类的记忆，还存于砂石的记忆、草木的记忆、天与风的记忆。

尽管有着艰难万险，斯马拉依旧是被幻想的对象。

这座城市由玛·艾尼纳建造，原本是片长满荆棘的荒原，在塞鲁安河和撒瑰亚·哈姆拉的合流处，可以俯瞰整个河谷的黑色山鼻子顶上。

常被法国军队军官称为狂热罪犯的玛·艾尼纳，其实是那个时代最有学识的人之一，他既是文人，又是天文学家和哲学家。

三十多年时间里，他组织起义，驱赶摩洛哥和毛里塔尼亚基督教徒，而他的都城均是起义的有力中心。卡米耶·杜勒在一八八七年与乌利德·德里姆的一个派别一同穿越撒瑰亚时，在廷杜夫的大道上遇见了教长，接受短暂的盘问之后，得到许可继续旅行。那个时期，教长还没有修建斯马拉城，但是已经在撒瑰亚定居下来，会见各个游牧部落的代表，试图说服他们结成同盟。

在会见苏丹穆莱·阿卜杜勒－阿齐兹后，玛·艾尼纳在马拉喀什建成一座扎乌亚，随后从陆地走回撒哈拉，同时，他的军队和骆驼在莫加多尔登船，乘蒸汽船贝希尔号重返塔

斯马拉城的玛·艾尼纳宫殿和清真寺。

尔法亚港（阿尤恩北部）。自此他再没离开过撒瑰亚·哈姆拉地区。一九一三年二月二十八日——战败的老教长去世三年后——穆雷特遣队接到派遣，对拉格达夫进行报复式追击，因为拉格达夫曾在利博伊拉特对法国军队进行了屠杀式袭击。特遣队没耗一枪一弹就进入了被弃的斯马拉城，烧毁了宫殿和清真寺，随后撤回毛里塔尼亚。就这样，从一八九〇年玛·艾尼纳建城到一九三〇年西班牙人占城，斯马拉都是非洲沙漠地区最神秘的城市。

今天，玛·艾尼纳的起义之梦早已了无痕迹。

河谷之上，城池是一片废墟。两侧均是军营与卫队驻地；一个硕大的广播天线从老城墙上耸立起来。米歇尔·维厄尚热模糊辨认出的聚集在一起的大片骆驼皮帐篷，早已被不堪一击的空心砖建成的白色圆顶建筑所取代。城里有个市场，来自摩洛哥各地的商贩在这里贩卖布匹和食物。普罗文斯宫殿有着黑色高墙，在高处鸟瞰城市。城里有笔直的林荫路、人行道，还有几个小花园。神秘的都城被改造成了军事驻地和商业中心。跟其他驻军城市一样，街上有太多女人，过分美丽，过于胭脂粉黛。或许每晚穆安津的声音回荡在沙漠上空时，宫殿废墟中那一片凄凉还保留了一些过去的影子。

当我们从斯马拉城继续下行去向撒瑰亚·哈姆拉，我们感受到另一种情绪，更加强烈，是种狂热。我们遗忘了玛·艾尼纳的堡垒老墙上所浸透的世纪末的感伤。我们进入的是一个更加古老，同时又完全新生的世界，初生，如青春永驻。在撒瑰亚河的左岸，我们立刻就进入了沙漠，黄色、赭色、烟灰色，处处竖着坚硬的片岩和燧石。一地响石，支离破碎，中间都是坍塌物，随处垂挂着一簇簇绿色植物，如海底植物一般。

撒瑰亚·哈姆拉是鲜活的存在。没有人能看见它，只能靠感知。它在地面之下，间隔一段又出现在地面，如同巨龙在天空翻滚留下的圆形痕迹，突然涌出的小溪、泉眼、支流，流淌片刻，随后干涸。

我们身处河床之上。

水域宽二十公里，长五百多公里，河水并非以大江的姿态顺势而下，而是如生灵一般有着不同形态。河水有多条，如其名字撒瑰亚，有水渠，有水道。支流来自撒哈拉这座巨大的水库，在这里重新涌出地面：这才是这片河谷的真正的生灵。

其实可以谈谈这里的地质和人的微观世界，如果微观世界这个词并不算太小的话。

这座河谷的源头多样，在大地之上划开一道峡谷，直通大海，占地接近两万平方公里。与赤道非洲几条重要的滋养土地的大河不同，撒瑰亚·哈姆拉并非敌对文化之间的连接符。它是将不同游牧民族聚合一处，将其统一的大熔炉，是他们的生存之地，没有撒瑰亚·哈姆拉，他们将失去身份。

这正是我们进入撒瑰亚·哈姆拉时内心翻腾的情感。这片光秃秃的河谷如同海底深处，隐藏着暗流，这是另一个世界，一个经历了世间纷乱，经历了革命，甚至经历了暴力而荒谬的现代战争依旧存活下来的世界。或许正是因为这里不属于任何人，只属于自己。

我们从沙漠方向走来（还有更为可怕的现代城市沙漠），我们进入这里，一片充满能量的冥想空间。

如何用其他语言进行表述？如何解释如此多的民族在这里代代相传，如同身居永生之所？沙漠中很多伟大的圣人安葬于此，西迪·艾哈迈德·阿鲁西、西迪·艾哈迈德·雷盖比、西迪·艾哈迈德·巴波、乌利德·谢赫的西迪·哈吉·哈姆拉·拉哈亚、西迪·穆罕默德·安巴雷克，还有乌利德·布·斯巴人的"七圣人"，就葬在西迪·艾哈迈德·阿鲁西身边。玛·艾尼纳正是选择了这里来建立他的都城，对抗侵略势力。

撒瑰亚·哈姆拉是真实之所。

这是当然，因为这里有水。

保罗·马蒂[1]写道："摩尔人来到撒哈拉时，遇到了两大生

---

[1] 保罗·马蒂（Paul Marty, 1882–1983），法国高级军官，殖民行政官，精通阿拉伯语，

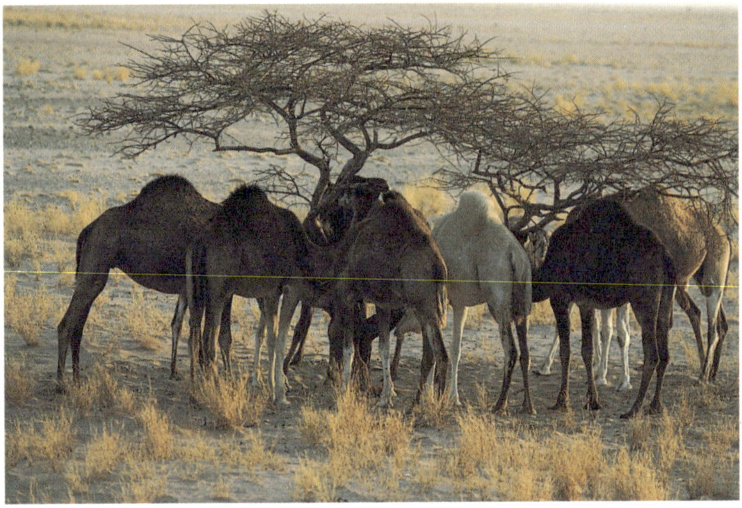

存障碍：水的匮乏，还有路途之遥。他们开挖凿井解决了第一个问题，又用骆驼跨越了第二重障碍。"

我们进入撒瑰亚·哈姆拉时，处处感受并猜测的正是这些水。真实存在的水，画下了植物的绿色线条，在碎石间留下自己的标记。

水从所有细缝、裂纹汇聚而来，萨南河、陶瓦河、萨库姆可汗河、拉特米阿河、源自泽穆尔的艾因·泰尔盖特河、科赫奈格·拉姆拉河、水边修建了西迪·穆罕默德·乌尔德·卜拉欣陵墓的拉赫沙伊比河、廷河、岸边有西迪·穆罕默德·安巴雷克陵墓的美苏阿尔河，还有源自哈马达山、在瓦尔克济兹山几座山脚下曲折绕行后汇入撒瑰亚·哈姆拉的布·萨库姆河，西迪·艾哈迈德·巴波就在其交汇处长眠。

水与圣人是相连的。

在这广袤的河谷里，圣人的数量和水井、泉水一样多。

尽管经历了战争和贫苦年代，所有在今天进入河谷的人都能被这种真实所浸润。水和信仰无处不在。我们走在这片如动脉般分布的非凡水网中，正是这片水网造就了地面的模样。

或许，与不公和暴力所造就的人类相较，水与风所刻画的地带的记忆有着更多的真实。那么撒瑰亚·哈姆拉就正是历史之源，因此也可以说与人的根源同时期。我们来这里所追寻的东西不正是：根的标记吗？

阿尤恩附近的撒瑰亚·哈姆拉。

或者说，这是洪水之水，雕琢了岩石，凿挖出沟壑，淹没了古老的森林和肥沃的草原。大洪水后唯一的幸存者是塔西里人，高大，黑皮肤，很像努尔人和上尼罗河的丁卡人，他们在洞穴的岩壁上留下了壁画和他们手掌的印迹。

两千年前，最早进入河谷的游牧民族是柏柏尔人莱姆塔族、泰科纳族，是来自北方的战士和农民，他们占据洞穴，播种大麦和小麦。随后在十一世纪，桑哈迦人从南部而来，他们是骑着骆驼的战士，队伍前面赶着畜群和俘虏，寻找新的土地放牧，走出了连接塞内加尔河岸与阿特拉斯山的最初的道路。他们在行进途中发现了撒瑰亚大河谷，正是在这里，他们谱写出史诗、音乐与诗歌。

一二一八年，玛吉勒[1]阿拉伯民族贝尼·哈桑人也来到这里。他们来自也门，从北部穿越沙漠，带来了伊斯兰的圣训。他们建造了三座圣城：马拉喀什，瓦拉塔，第三座在十七世纪成为卡里德纳教长的教区中心，或许就在撒瑰亚的入口，正是玛·艾尼纳两百年后建造斯马拉城的地方。

撒瑰亚·哈姆拉的历史，也是沙漠里的人起义反抗阿拉伯人，随后抵抗西班牙基督教徒的历史。撒瑰亚是否真的像某些历史学家确信的那样，曾是穆拉比特起义的中心？

十三世纪的阿拉伯侵略者装备精良，身经百战，或许轻

---

[1] 从也门迁移到北非的阿拉伯部落。

易就战胜了几乎只会"盖祖"的撒哈拉部落的抵抗。但就像在其他地方一样，这里战败的人数远远超过胜者的人数，那么胜者被败者同化是不可避免的，况且自从五百年前，也就是穆罕默德的同伴、马格里布第一位伊玛目奥克巴·本·纳菲首次来传教之后，游牧部落的伊斯兰化就开始了。

战胜了玛吉勒戒律的其实是游牧部落的政治体制。贝尼·哈桑人应该很快就采用了撒哈拉的戒律和习俗，包括种姓等级、诸侯、征收仪式税、主麻的统领议会和游牧生活方式，相对的又给撒哈拉人带来了他们的语言，哈桑尼亚语，以及写信和研究宗教的兴趣，还有让他们与先知大女儿的谢里夫部落沾上边的重要家族谱系。

阿拉伯人的同化是必要的，撒瑰亚·哈姆拉或许正是文化熔炉之一，因为这里是来自南部与来自阿特拉斯山的牧民的相聚之所。

柏柏尔人和玛吉勒阿拉伯人的最后几次战斗发生在十七世纪，比尔·安扎拉纳附近的提兹尼克地区，尤其是在乌姆·阿巴纳这里，一六九四年，阿拉伯人在此败给雷盖巴特人。这些以抢掠和小打小闹为生的沙漠谢里夫集团，始终无法接受和平与伊斯兰教规。阿拉伯人唯一成功的一件事，是将一种神奇的胶凝材料传到这里，即无与伦比的水泥。

就这样，人们总是回到他们的根源，这片滋养他们的广袤河谷。在这里，海浪般的民族前赴后继，从史前最初的渔猎民族到来自亚洲的阿拉伯民族，后者带来了科学知识、诗歌和音乐，还有极度明智的苏菲派思想。在这里，河谷有着世界的方方面面，悬于北方富饶的土地与无边的沙漠之间，被狂野的大洋所包围，这片奇特的地方有着格拉依尔[1]、水渠网络，布满河道，无数凿井，这里或许是实现水利耕种的最非凡的地区之一，形成了特殊的沙漠文明。

当吉普车驶上河谷的河床，向西迪·艾哈迈德·阿鲁西陵墓的方向行进时，给我们留下了奇特的印象，或许跟我们二十年前进入格兰德河谷时的印象一样。格兰德河谷位于新墨西哥，在阿尔布开克和埃斯帕诺拉之间，这座天堑劈开了大地，将过去被大洋覆盖的高地两面分开，谷底光秃秃的，在另一个纪元还有动物在谷底奔跑。那里是印第安人普埃布洛人的领地，他们在此发明了农业、神话和历法，尽管北美社会喧闹躁动，他们至今依旧生活在那里。

亦或像查科大峡谷，凝固在寂静中，阿纳萨齐文明之光依旧闪耀在老石墙上，那是人类能够达到的最完美的文明的典范。

十五世纪末在撒瑰亚·哈姆拉闪耀的文明有着同样的力量。当西迪·艾哈迈德·阿鲁西向沙漠民族讲经布道时，他没有其他后盾，只有信仰，没有其他修饰，只有将他环绕的黄

---

[1] 原文为 grair，后文再次提到，意为积水农田。

色大地与岩石，没有其他笃定，只有这片广袤，没有其他证明，只有他的孤寂。

他的身边，游牧民族桑哈迦人构建起完美的体制，并沿用至今，那是一种神圣与世俗的平衡，圣言与人类公正的平衡。还有对水和空间的热爱，对运动的激情，对友谊的信仰，以及荣誉和慷慨。他们拥有的唯一财产就是畜群。

翻越卡扎山时，我们看见了最初几个帐篷，沿途又遇见了几群骆驼。无论是在斯马拉城、阿尤恩还是现代城市，人都不需要这些动物（我们很难想象这些动物，更容易想到的则是挤满汽车的大街）。但是在这里，在河谷之上，我们再次来到骆驼的大地，另一个国度。

从这次旅行开始，我们就一直很明确，循序渐进地走进这片全新的空间。在这里，在撒瑰亚·哈姆拉，过去不再是过去，过去与当下融成同一画面，重叠起来。就像在一张面孔上可以看到其祖辈的线条一样，又或是如同借助神话的词句，可以发现真理一样。

突然，西迪·艾哈迈德·阿鲁西的陵墓出现在石头和灌木点缀的长长的路基尽头，陵墓周围是一个白方石建成的小镇，与阿拉伯胶树和荆棘丛混为一体。干砌石矮墙的尽头一片空寂，陵墓的绿色雉堞就出现在那里。我们想到了伊本·贾拉的话，他的最高任务，就是传达给人类，如何感知生命中"无形的真理"。

陵墓

我既非来自东方，亦非来自西方。
我既非来自海洋，亦非出自大地。
我非自然，非空灵，非由任何元素组成。
我既非此世界之一物，亦非彼世界之一物。
我非阿丹海娃之后裔，也无任何起源的故事可说。
我身处的是乌有之乡，
留下的是乌有之迹。
我既非灵魂，亦非肉体。
我属于被我爱的人，我看过
两个世界合二为一。
这个合一的世界向吸着气的人类呼唤
而且洞悉
最初，最终，外在，内在。[1]

鲁米，《玛斯纳维》第一卷。

---

[1] 译文选自《在春天走进果园：来，让我们谈谈灵魂》，鲁米著，梁永安译，篇名为《气息》，第71页。

陵墓前的地面上，有个石块围成的硕大的圆，圆内的空地精心打扫过。这里就是西迪·艾哈迈德·阿鲁西过去支帐篷的地方。周围是广袤的河谷，岩石丘陵，树木，还有其他冲沟和一望无际的沙洲。

村里只剩一座游牧族的营地。没有帐篷，没有骆驼。更没有阿特拉斯的谢鲁赫人村庄美丽的红墙和英式花园般的麦田。

这里是一片空寂，伤痛，痛彻心扉的空白。只有几座刷了石灰浆的黏土屋，几座水泥砌成的石屋。屋顶是薄铁皮。比口干更让喉咙发紧的是这里严酷的环境。随后出现了生命迹象：几个瘦高的孩子，双眼和牙齿在深古铜色面孔上闪闪发光。几个裹着靛蓝色面纱的女子的背影。冲沟的底部，背对陵墓的地方，有一群黑山羊在嚼着垃圾。如果这里可以算作营地，那更像是亚利桑那州的印第安纳瓦霍人的营地，就在谢伊峡谷边上。

我们走进陵墓。我们推开围绕陵墓的栅栏的门，走了进去。陵墓内部没有屋顶，墙上筑有雉堞，铺着淡青色的方砖。墙顶刷有石灰。

一进入陵墓，便有种情感油然而生。这里，在几面墙围成的狭窄区域里，八块石头直立于压实的地面之上，嵌入沙地里的扁平石块砌成的矮墙勾勒出的形状如同八个打开的石棺。玛·艾尼纳在提兹尼特的墓跟这座很像，不过更像是与古旧事物相像的现代事物。提兹尼特的玛·艾尼纳的石柱是

西迪·艾哈迈德·阿鲁西之墓。

一座形状规则的大石，经过打磨，上面刻有文字。陵墓的地面上铺着地毯和其他织物。在幽暗的光线中，这位反抗的老教长的陵墓像是一位王子的陵墓。

而西迪·艾哈迈德·阿鲁西的墓和另外七个将其包围的墓却仿佛突然从时间的深处出现，周围的四面墙壁像是保卫了这里五百多年的卫士，这片墓地完整如初，仿佛另一个星球来的碎片那样遥远。

有种虔诚而沉重的气氛将你包围，感觉冷飕飕的。跟在提兹尼特一样，我们身处一个充满神秘力量的地方，一个寂静之所，同时又充满生气，我们感知到了另一种语言。

那就是石头。

石柱有些暗，深棕色里掺有点点黑色，碑的边缘很尖，深深地插入地里，石柱微微倾斜，仿佛风已经在石柱上吹拂千年，又或是地质运动将石柱牢牢夹在大地之钳里。

在这里，陵墓中，正是它们在诉说。它们支配着一切。

每根石柱代表一个人。

正中间最高的是块由黑色砂岩构成的巨大的斧形石头，有些磨损，正面刻有细腻的斜体文字，重复着圣人的"迪克尔"，他的祷文。墓地窄而长，或许形如其人，他正是高挑身材，因斋戒而消瘦。矮墙上放着祈祷毯，应该不是他的：这块毯子太新，色彩太鲜艳，有蓝红相间的阿拉伯式花样图案，在墓中间像个窟窿。墓地边缘由黏土筑成，形状很不规则，被风雨所腐蚀。

墓的右边地基处，有一块用来给朝圣者下跪的绵羊皮。

西迪·艾哈迈德周围埋葬着七位乌利德·布·斯巴人，阿鲁西依纳人的联姻族人。除了其中一座，其他的墓都面朝麦加。

墓的上方，天空是深邃的蓝。刷了石灰浆的墙将蓝天截断，呈现雪白的一截。阳光照亮了墓地，随着时间的变化，石柱的阴影在地面缓缓滑动。夜晚，陵墓里面沐浴着星光，缓和了白天的炙热。

这里所涌现的力量正来自于阳光与星光。逝者没有被世界遗忘。他们没有离开，时间从他们身上经过，还有雨水、砂砾。他们感受着阳光的温度。

墙壁关不住他们。他们显现在空中，在云里，在夜晚。他们注视，他们呼吸，他们依旧存在，存在在这如此漫长、如此艰难的生命之中。

离陵墓不远的地方，是西迪·艾哈迈德·阿鲁西的村子。平淡的日子，一天接着一天。房屋缩在石坡后方，沙滩的尽头。几座土屋，跟印第安部落埃克马、组尼、基亚的普埃布洛人的房子一样。房屋没有窗户，完全封闭。这样的屋子有十间，十二间。或许远处还有几间，被高低起伏的岩石高地遮挡。陵墓在村庄前面，是阿鲁西依纳人走过的道路上最北端的堡垒。向南一公里，就在提兹尼克山脚下，阿西·杜莫斯的水井标志着这条道路的另一端。正是在这里，在陵墓的附近，游牧民族与玛吉勒阿拉伯人展开了殊死战斗，七圣人塞巴阿杜·里贾尔在一旁协助，他们正是埋在圣人身边的那些布·斯巴人。历史的缩影让我们有些眩晕，有些着迷。

天空如此辽阔，大地不过是必经之路。

从陵墓出来的时候，我们遇见了锡德·卜拉欣·萨利姆，杰米娅的远亲。看到他，我们更容易想象西迪·艾哈迈德·阿鲁西的模样了。五十多岁的男人，高个（超过一米八），消瘦，宽肩膀，手长脚长，暗色面孔，扎着白色头巾。他有着昔日骑士的高雅，身板笔直，但是走路有些困难，右腿一跛一跛。他的面孔让人想到沙漠人民的传说：脸型棱角分明，络腮胡剃得尖尖的，尤其是那双眼，闪耀着有力的光芒，那么专注。在相互介绍之后，他热情地接待了我们。他来自阿鲁西一个部落，是乌利德·哈里法分支下的，和杰米娅一样。当其他人带着牲畜南下，追寻云雨的时候，他作为教长留下来看守陵墓。锡德·卜拉欣·萨利姆领着我们离开陵墓，跨过冲沟，来到满是碎石的平台上的古兰经学校。几个孩子跑了过来，脸上满是好奇。几个成年人远远地望着我们。

学校其实就是一个大厅，墙上刷了石灰，很亮。压实的地面上铺了很多质地不错的地毯，墙边放着垫子，看起来很舒适。教长身边坐着部落的其他成员：有一个布·迈赫迪的后代，一个年轻人，是锡德·卜拉欣·萨利姆的侄子，还有一个皮肤很黑的人，是布·马迪安的后代。做我们向导的摩尔人在门边沏茶。在撒哈拉,水是珍贵的,托盘上的杯子小得跟调色碟一样。茶水很浓,没有薄荷,像糖浆一样又涩又稠。向导把茶倒进杯中,品尝,再重新泡制。在这干旱的国度里,只是听着茶水倒进杯中的声音就已经是一种极乐的享受。卡米耶·杜勒精疲力尽地迈步时也欣赏过这个声音吗?或许他在这里度过一夜,就住在离西迪·艾哈迈德·阿鲁西陵墓不远的帐篷里?JMG 想和锡德·卜拉欣·萨利姆交流,但是语言的障碍让对话变得十分困难。对于杰米娅来说,哈桑尼亚语很容易懂,那是她儿时母亲对她说的语言,正是为了让她习惯这种发音,与摩洛哥使用的阿拉伯语方言大相径庭。JMG 想听的是关于西迪·艾哈迈德的一切,他的生活,他所说的话,他所写下的东西,还有他的神迹。他是如何在菲斯、梅克内斯长大。他的教育经历,他的童年。他的信仰出乎旁人意料。一天,他的老师拉赫曼·布·达利在全班面前宣读《古兰经》的"地震章":"当大地以其震动摇动……"[1] 读到这两句时停了下来:

> 谁曾经做过微尘重的善事,他会看见它。
> 谁曾经做过微尘重的坏事,他也会看见它。[2]

---

[1]《古兰经注》,伊本·凯西尔著,孔德军译,中国社会科学出版社,2010 年 8 月,第 1493 页。
[2] 同上。

于是年轻的西迪·艾哈迈德起身离开。老师沉默许久，冥想般注视地面。其他孩子问他："老师，为什么我们的同学离开了？您不该斥责他吗？"老师回答说："凡打扰此孩童者，均将葬身火海，因为他是圣人。"

传说的声音布满了我们所在的房间。

外边太阳西斜，天空布满云朵。孩子们在房屋之间奔跑，能听见畜群的叫声。

当西迪·艾哈迈德成年时，他的声望已传遍八方，突尼斯城的首领则起了嫉妒之心。他决定害死这个盖过他名望的年轻人。他传起谣言，说西迪·艾哈迈德将国王看中召见的年轻女子带到了家里。于是国王命人挖了一个深坑，里面摆满了炙热的火炭，西迪·艾哈迈德将被丢入坑中，就在这时，从狱中传来了他的声音，吟诵着胆大渎神的诗句，而这正是预言性的祷词：

国王，你是审判之人，法之代表，
你一石一石筑起这座深坑，
你永远无法举起这块石头，
除非真主向我打开天堂大门！

说时迟那时快，一个精灵（有些人说是他的老师拉赫曼·布·达利）抓住他的编制皮带，将他带到空中，一直带到沙漠上空，直到撒瑰亚·哈姆拉。据说西迪·艾哈迈德·阿鲁西的皮带断了，于是落在这座河谷里，落在一块叫做特拜拉的岩石上，至今还能看见他的手印脚印。圣人决定留在这里，让沙漠人民归信他的信仰，并建立了阿鲁西依纳部族。

杰米娅的母亲跟我们讲过这个故事，说过她祖先的神迹。她讲述的时候，仿佛这是件真事，而非传说。她也说起过破罐子的故事，简单而又有趣。

一天，西迪·艾哈迈德在路上遇见一名女子在井边哭泣。他询问她伤心的原因时，女子指着地上打坏的罐子说："我怎样才能把水带回家呢？"西迪·艾哈迈德对她说："不要哭泣，用你的罐子灌满水，然后回家去。"女子十分惊讶，但还是照圣人说的做了，当她灌满罐子，发现尽管罐子上有裂缝，水依旧留在罐子里，一滴也没有流出来。

另一天，西迪·艾哈迈德遇见一个男子为身边倒在地上的母骆驼而伤心。他向西迪·艾哈迈德抱怨说："我的母骆驼病得太重了，唉，它快死了。我该怎么办？它可是我唯一的财富！"西迪·艾哈迈德碰了碰母骆驼，母骆驼便立刻站起身来，大病痊愈了。

锡德·卜拉欣·萨利姆证实确实有这两个故事。JMG 喜欢听这些故事，因为讲的是在日常生活中的神迹，就像耶稣把水变成酒，或是治愈盲人的故事。

学校里很凉爽，我们躺在地毯和垫子上，听茶水倒入杯子的声音。我们望着锡德·卜拉欣·萨利姆盘腿坐在门边的剪影，他离我们有些距离，这是一位主人应该做的。我们感受到西迪·艾哈迈德·阿鲁西的存在，仿佛他还在那里，在我们之间。锡德·卜拉欣·萨利姆对我们讲起他亲身经历的一个神迹。

他小的时候正是西班牙人占领撒哈拉的时候，一名士兵来到村里。或许因为没有受到很好的款待而不快，或许只是喝多了，他掏出手枪，朝陵墓的墙壁开了一枪。就在这天，西班牙士兵病倒了。他的脸因为抽筋而面目全非，怎么都松弛不开。（讲到这里，锡德·卜拉欣·萨利姆模仿起士兵扭曲的表情来。）然后，这个西班牙人回到了西班牙，多少年间，他看了无数医生都无法治愈这毛病。

阿鲁西依纳人已经忘了此事，突然有一天，他们发现士兵回来了。他如同忏悔者一般垂着头，跪在陵墓前面，祈求西迪·艾哈迈德仁慈。霎时间，面部的抽筋消失不见，他就这样痊愈了。

锡德·卜拉欣·萨利姆讲起西迪·艾哈迈德·阿鲁西带领族人走过的路，他们追随着雨水，直到在提兹尼克山另一边，达赫拉东南部找到比尔·安扎拉纳井和杜莫斯井。

他念起一串联姻部落的名字，扎马尔族，骆驼之族，穆扎纳族，云之族，所有过去从通布图到廷杜夫，自由穿梭在沙漠中的部族的名字：

陵墓

艾特·巴·阿姆兰族
巴里克·阿拉族
雷盖巴特·萨赫勒族
泰科纳族
乌利德·德里姆族
乌利德·提德拉林族
玛·艾尼纳教长族
扎尔吉伊纳族
艾特·穆萨/阿里族
艾特·拉赫森族
乌利德·布·斯巴族
穆罕默德·萨利姆族
阿祖阿菲特族
萨布亚族
艾特·卜拉欣族
亚古特族
苏阿德族
波希阿特族
乌利德·塔利布族
拉米阿尔族

他们的族人何去何从？

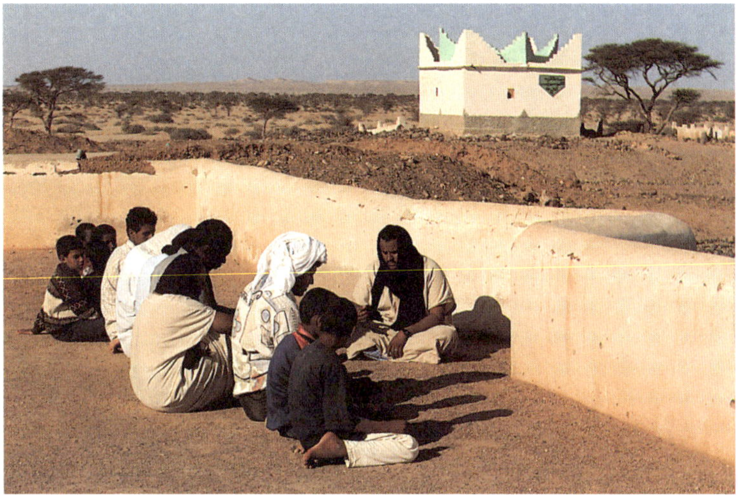

走进白房子，长房间里很阴凉，里面飘着熏香，靠着坐垫坐在毯子上，身边这些人来自另一个时代，另一个世界……我们似乎渐渐看清了成为这群族人力量源泉的联姻关系网，经过多年战乱，经过饥饿与干旱，依旧存在。

他们交谈，喝着苦涩的茶，这时锡德·卜拉欣·萨利姆坐在远些的地方，并不喝茶。五百年前西迪·艾哈迈德在帐篷下的生活大抵就是如此吧。每天沿着宽阔如陆地的河谷，与队伍一同前进，在道路上从不长驻，沿途留下生活与历史事件的痕迹：出生，结婚，节日，战斗，死亡。

外面，夕阳更加倾斜。撒瑰亚·哈姆拉上空笼罩着甜蜜祥和的气氛，渗进了屋里。外面孩子的尖叫更加尖锐。陵墓边的山沟尽头，长毛山羊在咩咩地叫。

这里的人赖以生存的东西很少。像我们这样，来自生活条件优越的国家，不缺水，不缺果蔬，孩子都穿着新衣，有作业簿，有各种颜色的圆珠笔、玩具、电视机。我们的国家里，五百名居民就有一个医生，有疫苗，有医院，没有孩子会因百日咳、支气管炎、麻疹而死。国家的未来与镀铬水龙头里流出的新水一样一片光明。没有饥饿和痢疾让肚子膨胀，令头发干枯。这不禁让人思考。

撒哈拉，并非只有美丽的晨曦，起伏而性感的沙丘，一片片海市蜃楼。这里也是世界上生活水平最低的一个地区，儿童的死亡率最高（百分之三十五，而工业国家的比率小于千分之一)。这里的井水味道苦涩；族人最爱的，是更为甜美的雨水。

生活在沙漠里，人并非只会越来越像这冷酷无情、抱有敌意的世界。这是蓝衣人的传奇，他们是不可征服的战士，能够在气温超过五十度、湿度接近月球的地面生存。他们能在没有标记的地方依靠凝望天空和星辰辨识道路，能在极度遥远的距离里辨认一颗小石子。他们如同居住的世界一般，勇敢、慷慨又严峻。

生活在沙漠里，亦是朴素而有节制，学会承受阳光的灼烧，学会整日压抑干渴，在高烧与痢疾中存活下来，从不抱怨，学会等待，等在他人之后进食，哪怕羊骨上只剩一根筋、一块皮。学会战胜恐惧、痛苦、自私。

生活在沙漠里，突然有一天，会在到斯马拉、阿尤恩或阿加迪尔的途中偶然发现，自己不同于他族，如同另一人种。

生活在沙漠里，当然也是在世界上最美、环境最恶劣、广袤如大海亦如极地浮冰的地方学会如何生活。

这里没有约束，每天万物都崭新如初，像那照亮片岩的晨光，像那从早到晚灼烧的热浪。在这里，生与死没有界限，因为只要一分神，一个不小心，或者仅仅只需一阵滚热的狂风吹过，这片大地就会将人抛弃，将人掩埋，将人带入它的虚无。

像苏菲派导师马杰努恩一样，我们在孩子们的簇拥下来到冲沟，这里是陵墓的所在地。黑羊群还在这里，在背阴处。孩子们把自己的宝贝拿给 JMG，跟他换些硬币，好去买糖果、可乐、塑料玩具。

他们拿来的真真切切是他们最珍贵的东西：白如雪的岩石结晶体，风蚀过的燧石，断下来的菊石化石。在西迪·艾哈迈德·阿鲁西走过的路上，杰米娅发现了一片化石群，分散在地面之上，如同史前巨兽吃剩的零碎。

然而沙漠真正的宝物是这些孩子的眼睛。双眼闪着光芒，如琥珀般清亮，也有烟灰色的，在深古铜色皮肤的面孔上格外耀眼。还有他们银铃般的笑声，高声的尖叫像把锯齿，仿佛能锯开老山羊骨头上咬不动的皮肉。

艾特哈曼、哈桑、巴沙，这些沙漠之子是遥远时代的继承者，他们接下了生活在这里的重担，生活在这片除了时间和沙漠无比富裕而其他一无所有的河谷里。

我们想到了我们的女儿，她们身上也有一部分遗传自这里。人真能重归自己陌生的故土吗？如果可以，怎样才能在故土找到真正的根，而非想象中的画面呢？

杰米娅的父母、祖父母离开了撒瑰亚·哈姆拉，他们向着北方富饶的平原前进，走到塔鲁丹特、马拉喀什，随后又去了大城市，他们在那里找到了水、工作、商店。他们离开时并没有抱着还乡的念头，岩石丘陵一下子就遮蔽了他们的双眼，挡住了白色方形的陵墓、帐篷、畜群，压住了孩子的叫声、召唤祷告的呼叫、女人们的说话声。他们头也不回地向前进，生怕失去了离开的勇气。

随后，他们消失了。

JMG 的祖先弗朗索瓦也是一样，一天，他从布拉维海湾的洛里昂港出发，决心乘"印度信使号"双桅帆船出海冒险，出发去法兰西岛[1]，再也不回法国。

这是多么奇特的巧合！如此不同的两个谱系的后代相遇、结合，而且，在犹豫了许久的这样一天，共同来到撒瑰亚·哈姆拉干涸的河谷里，来到冲沟边上的这座陵墓！

对于围着 JMG 玩耍的孩子们来说，他不过是个路过的外国人（甚至不是游客，游客一词在这里毫无意义）。他更像是个白色的幽灵，被太阳晒破了皮，被狂风吹得步履蹒跚。

还好，幸亏有杰米娅在身边，他多多少少也有些部分与此地相连，与这里的族人相关。他的存在并非作为远亲或联姻者——他能给他们提供什么呢？他可是完完全全离不开工业世界的人，离不开这个世界的汽车、飞机，还有金矿和无线电网络。——而像月球来的外星流浪者，甚至不是"玛莱姆"（手艺人），不是"哈尔塔尼"（解放的奴隶）。他不过是脆弱人种的体现，与这里族人的共性也正体现于此。与他们不同的是，他是转瞬即逝、令人担忧又微不足道的。他是一个

---

[1] 毛里求斯在 1715–1810 年是法国殖民地，名为"法兰西岛"。

离西迪·艾哈迈德·阿鲁西圣殿不远处的石柱。

迹象，他们从中能读出未来的不确定。

锡德·卜拉欣·萨利姆的妻子布哈的家建在村口，就在从斯马拉过来的路上。家里有她的侄子，一个在阿尤恩工作的年轻人。

这里的女子都很美。为了迎接杰米娅，她们穿上了各色的平纹长裙。布哈穿着一条红黑条纹的轻薄长裙。

她家的房子状态非常好。墙面新刷了石灰浆，会客的大厅则刷上了灰粉色和绿色。地面上的毯子都是新的，很厚，饰有红黑色几何图样。

屋里的摆设跟古兰经学校一样简单。没有家具——只有坐垫靠在墙边，还有托盘，上面放着不锈钢英式茶壶和小杯子。

屋里笼罩着真诚的气氛，一种比任何舒适安逸更有价值的祥和氛围。屋子没有窗户，和其他房屋一样，也面东背西，背对西风。大门有红色纱帘遮挡。将房屋两边开的走廊[1]是水泥铺成的，正中间有道水槽。一切都对沙漠开放。当风吹得更加猛烈，定会从院子里呼啸而过，吹起女子的面纱，将沙子吹进孩子的眼睛。女人们居住的大卧

---

1 原文 pasillo 为西班牙语，走廊、过道之义。

室很是凉爽舒适。

　　村里多数男人都在远方。他们在外打工，在斯马拉、阿尤恩、达赫拉。或者赶着畜群去南部，直到杜莫斯。看顾村庄的则是女人，她们照顾孩子，耕种园子，晚上关起牲畜。

　　撒哈拉的女人是自由、独立的。她们不戴面纱，穿越大风地带时，她们只把长裙的一片裙摆拉上来遮住脸部，就像墨西哥女人那样。她们的装束是优雅、高贵的代名词。她们身着纱丽（各色纱裙布料都是直接从孟买进口而来），神圣而又随意，她们如鸟儿般在粗犷的沙漠中闪耀着光芒。

　　或许正是她们带活了沙漠。没有她们，风将横扫一切，搅浑井水，吹焦作物，抹去脚印，惊扰牲畜。没有她们，男人将被沙子掩盖，在严酷的天地间，河谷将变成大火炉。

　　最初来到这里的欧洲不速之客（十九世纪末的卡米耶·杜勒，然后是西班牙人巴诺哈、曼努埃尔·穆莱罗·克莱门特）均为这冷酷与妩媚的混合所惊叹。尤其是杜勒，他讲述西撒哈拉沙漠女人们具有无与伦比的忍耐力，她们在旅行途中能在路边分娩，然后重新站起来继续行程，丝毫不影响队伍的速度。

　　在比尔·安扎拉纳，在杜莫斯这样的绿洲里，她们用歌声与舞蹈庆祝节日。她们也有残酷的一面，卡米耶·杜勒刚被捕获时，正是她们最为凶狠地辱骂他，将他变为奴隶，视他为狗奴。但是，当他被男人们所接受，又是她们中的一位

给了这位年轻冒险家慰藉，甚至想要嫁给他——他只好借口要去土耳其找嫁妆才得以脱身。

沙漠之魂，不是腰间挂着短枪骑在骆驼上（或是在越野车上摆弄卡拉什尼科夫冲锋枪）的战士。而是这位保护着家园，维持着火种，用双手挖开土地揭开水源之谜的女子。长纱下她那身体的曲线与世界上最古老的这片风景完全吻合。沙漠之光闪耀在她的眼睛里，在她首饰的光芒中，在她象牙色的牙齿上。她的说话声与笑声是这片寂静之地的乐曲。哈依克[1]的蓝色光芒与她皮肤的古铜色混合，形成一种古老的青铜色。

撒哈拉的女子奉献一生。她们将沙漠的教训传给孩子，坚决不允许不敬与混乱；当然还有对此地的忠诚、魅力、祈祷、照顾他人、坚韧的品质和交流。当沙漠文明依旧处于鼎盛期时（离现在并不遥远，就在上个世纪初），大绿洲里闪耀的是相同的火焰，相同的信仰：通布图、瓦拉塔、阿塔尔、辛盖提。沙漠旅行队带着盐、食物、武器和随行的奴隶在这些绿洲汇集。营地的中心响起音乐，回荡着史诗、故事、情

---

1 细腻的平纹薄布，沙漠居民做长袍用，通常为白色，蓝衣人则使用蓝色，并因此得名。

歌的悠扬。

然而，是她们激励着战士。是她们处于传说的中心。她们的声音与手镯的叮当为歌声打响节奏。她们的香气令旅者迷醉。火焰中，他们看到的是这些女子，是她们闪耀的长裙，她们舞动的双手，她们扭动的胯部。男人更像岩石：生硬尖锐，被打磨，被晒伤，他们的眼神细如手腕上的细绳。但是撒哈拉的女子有着沙丘的柔和，风蚀砂岩的颜色，如海浪，如运动的丘陵，她们具有寻水的天资，又将这天资留给自己的后代。

我们在屋前见到了布哈最小的女儿，我们联想到西迪·艾哈迈德·阿鲁西遇见的在破罐旁哭泣的女子。传说中没有提到她的名字和年龄，但正因如此，我们才能想象，她大约年方十三，瘦削，深色皮肤，有种柏柏尔人的野性神情，一股子倔强劲儿。她穿着灰扑扑的长裙，或许是个看羊人。而他，是众人敬仰的圣人，为了她展现这一奇观：水被锁在摔坏的罐子里，就像他头顶悬着的彩虹一般神奇。五百年前一切就发生在这里，在这满是碎石的土地上，离冲沟不远，然而我们突然觉得，这奇迹似乎马上就能出现。因为这里丝毫未变，一切都要归功于这些女子，感谢她们千年不变的动作，绵长、温柔而利索，如同做着宗教仪式。

JMG 听着杰米娅和艾米[1]跟女人们聊天欢笑。她们交换眼神，交流想法。她们互试首饰和头纱。在这午后的热浪里，苦茶填满了杯子。正是这哗哗的乐曲让人想入非非，消除了时间的屏障，消除了种族的差异。不远处，就是西迪·艾哈迈德·阿鲁西的陵墓。茶水声、女人们的说话声和笑声，还有她们开心的声响一定会传到那里，缓和那里的寂寥。食物的香气弥漫在村庄的空气里。一切准备就绪，男人们共同分享食物。每个人都在"黄油"大盘子里喝上一口——这种柔和细腻的奶油是融化的山羊油做的，让可怜的维厄尚热恶心不已。

这里仿佛重现了另一个时代，既遥远又与我们的时代如此相像。

最奇特的就是相似性。我们遇见了乌姆·布伊巴，一个四十多岁的女人。我们见到她就好像见到了杰米娅的母亲，或者更确切地说是见到了一个生活在别处的姨妈。她们有着相同的面孔，宽大的脸颊，有着鞑靼人或是蒙古人的影子，高高的额头，眉毛的弧形非常完美，还有相同的微笑，尖锐的眼神。双手也是，手掌宽大有力，被太阳晒得坚硬干枯。

---

[1] 勒克莱齐奥和杰米娅的女儿爱丽丝的小名。

还有声音，说话的方式。这种坦率直接，同时又不乏含蓄。杰米娅的母亲无论在哪里，都拥有这种天然的高贵气质，当我们见到乌姆·布伊巴时，我们立刻明白，这就是她属于沙漠女人的部分。乌姆·布伊巴紧紧抱住杰米娅，仿佛找到了她遗失的故人，一个她过去认识，将来可能还会回来的人，这是自然，因为这是命中注定的。

这才是真正的回归：找到一个跟自己如此相像的叔叔或姨妈，尽管并不相识，但是他们始终在河谷、在世界的尽头等待你的归来。

特拜拉巨岩

我们到的时候刚过中午，将近一点。吉普车陷入了流沙，我们只好步行前进。我们在一座沙丘的下方，从这里看不到巨岩。教长锡德·卜拉欣·萨利姆走在前面。跛脚的他在沙地里比我们走得还快，像在向前滑行。

我们周围已经看不见河谷了。只有几条阴暗的大冲沟，土黄色的沙流，就像雪崩产生的峡道。不时会有一丛绿色植物、干瘪的灌木、几棵阿拉伯胶树。

陷入流沙之前，我们行驶在大海般广阔的沙地上，大得像从沙滩一头的地平线到另一头。这里的沙子颜色很浅，几乎是白色的，耀眼得睁不开眼睛。没有教长，我们肯定已经迷路一百次了。他坐在吉普车前排，小儿子坐在他膝盖上，他不断调整路线，边说边用手比划，有点不耐烦的样子。向左，再向左一点，向右，再向右。无形的小路出现在车轮之下，其中的细节是我们无法理解的：沙子的颜色、起伏、必须避开的斜坡。就像在藏有无数陷阱的江里开船一样：一座沙礁，一块隐藏起来的尖锐岩石，一条走不过去的冲沟。

我们驶向的是西北方，或许是这样。一个多小时的时间，在我们看来如此漫长。我们漂浮着，被这沙河的水流带向远离世界的地方。

　　再没有比这里更孤寂的地方了。在海上，水的明暗、水流、海浪的起伏都可以衡量时间。然而在这里，在这座河谷，不习惯沙漠的眼睛看不见任何边界，发现不了任何东西。只有沙漠人的眼睛才能捕捉到细微的变化，发现细节，辨认瞬间消失的黑影，一瞬闪光，一丝微风。看着坐在锡德·卜拉欣腿上的孩子，我们在想，他已经学会这个月球般的世界的很多技能了，这是任何外来旅者永远都无法学会的。

　　走到沙坡上方，我们看到一片宽广的高地，西面是红色砂岩构成的悬崖，跟大峡谷一样。就在这时，大风迎面吹来，我们看见了巨岩。

　　巨岩一共有两块岩石。或者说是两个从地面凸出的形状。右边是被侵蚀成圆形的小丘，一面像被切成了锥形火山。左边像是为了保持平衡，有一块巨大的砂岩石块，前部朝南，如同大船的船头。

　　锡德·卜拉欣·萨利姆加快了脚步，把我们甩在很远的地方，他的黑色大长袍在风中飘荡。风继续在高地的岩石间呼啸、呻吟。

　　我们渐渐靠近，巨岩展现出真正的高度，巍然挺立。巨岩脚下朝南的那面，也就是在我们到来的方向上，有一圈石头，还有一座黑色砂岩石柱，或许标志着圣人的一个门徒曾路过这里。除了这根石柱，没有任何人类的痕迹。放眼望去，

特拜拉巨岩

只有岩石、沙漠和米色、赭石色、粉色的沙子，天上都是一条一条的云彩。

静到了极致。没有生命的声响，没有窃窃私语，没有缓缓歌声，甚至没有虫儿嗡嗡。只有风，时而尖锐，劈向岩石，时而几乎无法察觉，如同呼吸。

锡德·卜拉欣·萨利姆的村庄窸窸窣窣，充满说话声、呼喊声、孩子的笑声和山羊蹦跳的啪嗒声。而在这里，巨岩这里，就像进入了另一个世界，一个完全静止的世界，就像停滞在生与死之间；一个观望天地、领略永恒的地方。

这就是特拜拉，巨岩，过去的旅者说起这神秘的地方都像谈论一个秘密。上世纪初的法国探险者所做的记录中，传说这里正是西迪·艾哈迈德·阿鲁西被精灵从突尼斯城或马拉喀什带到空中后着陆的地方。

霍奇斯和帕扎尼塔在他们的西撒哈拉辞典中收录的另一个传说是关于"非凡的圆柱"，专门作为沙漠圣人的庇护所，很可能是用半陷在沙里的陨石残骸筑成。的确，站在巨岩面前，第一印象就觉得这是落在地球上的天外来物：在这片沙漠高地和零乱的燧石中央，巨石硕大无比，一边突出保持平衡，如果说它不是来自太空，那还能来自哪里？

也可能，它见证了一场天灾？亿万年前的那场暴雨横扫撒瑰亚·哈姆拉河谷，削光了所有丘陵，将大石块推入泥流，退潮后石块便搁浅在了岸边。

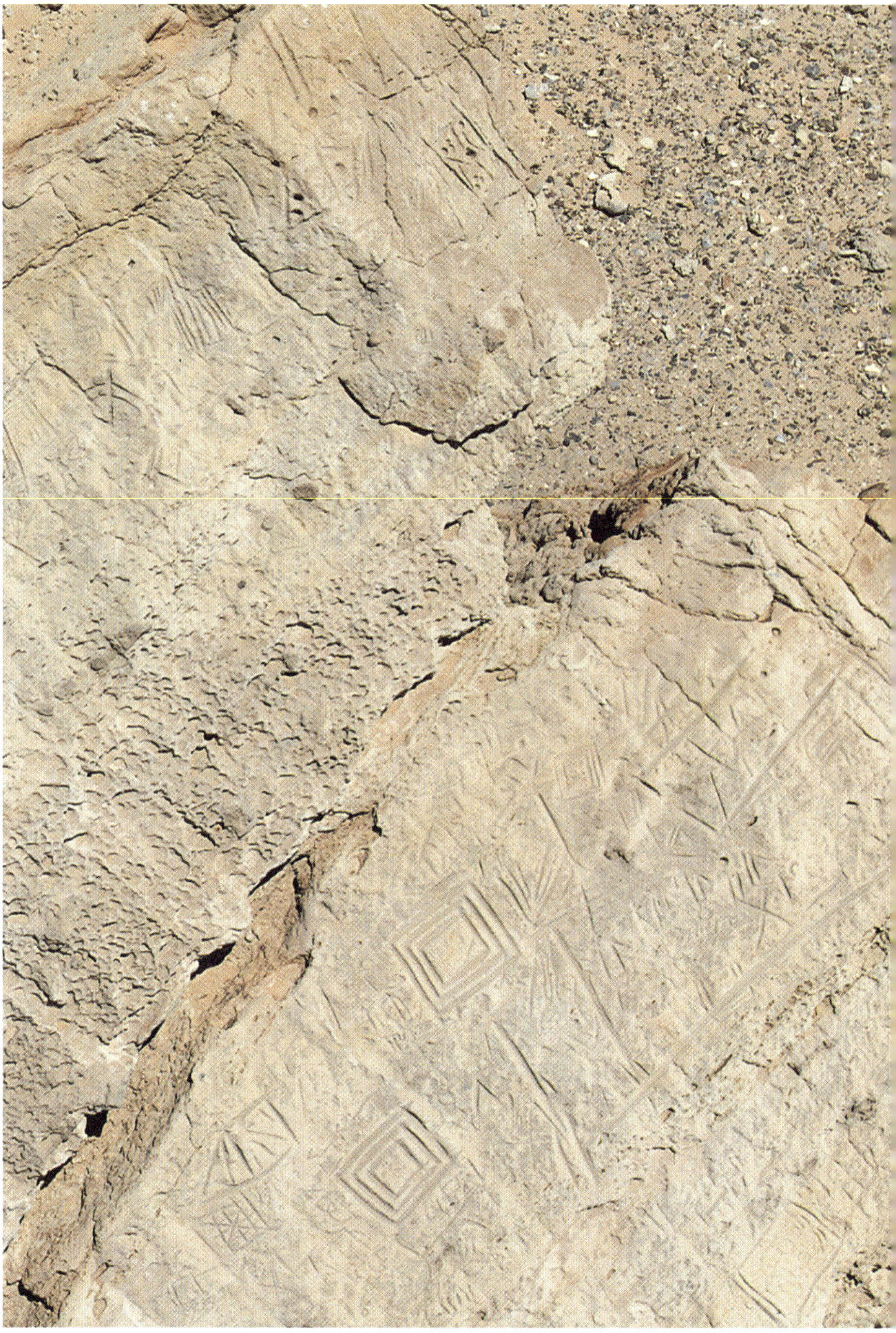

巨岩脚下的石刻文字。

我们在巨岩脚下与教长汇合。

巨岩的南面有条很高的悬梯：两根不规则的木头之间由木板相连，钉子和绳索固定。这是朝圣者爬上岩顶的必经之路。

杰米娅问锡德·卜拉欣·萨利姆岩石上是否真有圣人的脚印手印。教长给了肯定的回答。但是他的病腿让他无法攀爬，不能陪我们爬上岩顶。他刚好可以护着杰米娅。"因为下比上难多了！"他说。他在巨岩前面站着，周围狂风大作，忽闪着他的衣裳。他的小儿子待在身边，在沙里玩耍。

巨岩的西南面是裂开的。崩塌的岩石滚落在岩石高地上。教长解释说："特布鲁里[1]，很久很久以前，我还是小孩的时候，下过一场猛烈的冰雹。一道闪电击中了特拜拉，击落下很大一块岩石。"

锡德·卜拉欣·萨利姆指着离坍塌的岩石不远的地方让杰米娅看，在巨岩的凹陷处有符号刻在石头上。文字细腻、优美，深深地刻在岩石发黑、遮风蔽日的地方。"这些都是西迪·艾哈迈德·阿鲁西门徒的名字，他们年复一年来到这里接受他的教诲。"

巨岩的峭壁在空中突出一块；可以想象，圣人每日清晨

---

[1] Tbruri 或 Tebrouri 或 Tabrouri，意为冰雹。

就是坐在这遮蔽之下，挺直着胸膛，与学生交谈。这块地方，地面上的石块是清干净的。五百年来，云之族人不断来此，坐在挡风蔽日的巨岩之下，为的就是倾听西迪·艾哈迈德那依旧鲜活的教诲，接受他的恩泽。岩石的一面被凿出一个口子，朝圣者把头放在上面接受圣人的祝福。

岩壁的有些部分非常光滑，因为除我们之外，很多人都用手掌摸过岩壁，再抹拭脸颊。巨岩有些温热，光线在上面耀动。

太阳正位于天顶。它将在天空的另一方向重新落下，那里正是岩石大船船尾的方向，也是大海的方向。

巨岩既不是陨石残留砌成的一根柱子，也不是一块玄武岩。它不过是一整块巨大的经过冲刷腐蚀的砂岩，布满了化石，被砂砾侵蚀出小洞，像从深海海底冒出水面的暗礁。

撒瑰亚·哈姆拉或许是大洋击打撒哈拉花岗岩石基时代，海底洋流所冲出的大峡谷。是大海侵蚀、洗刷了这片景致，只留下高高的平地，直到第三纪末期逐渐露出水面。

当海水退下，便出现了这块从半屏山上分离下来的巨大石块，见证了风雨的侵蚀，见证了冰冻、酷暑与雷电的袭击。

这是一块岩石，仅仅是一块岩石。

但是它是特拜拉，一个符号，一件圣物。

它是一座庙宇，一座清真寺，一个民族诞生的地方。

悬梯并不结实，摇摆不定。脚踏的地方是普通的木板、

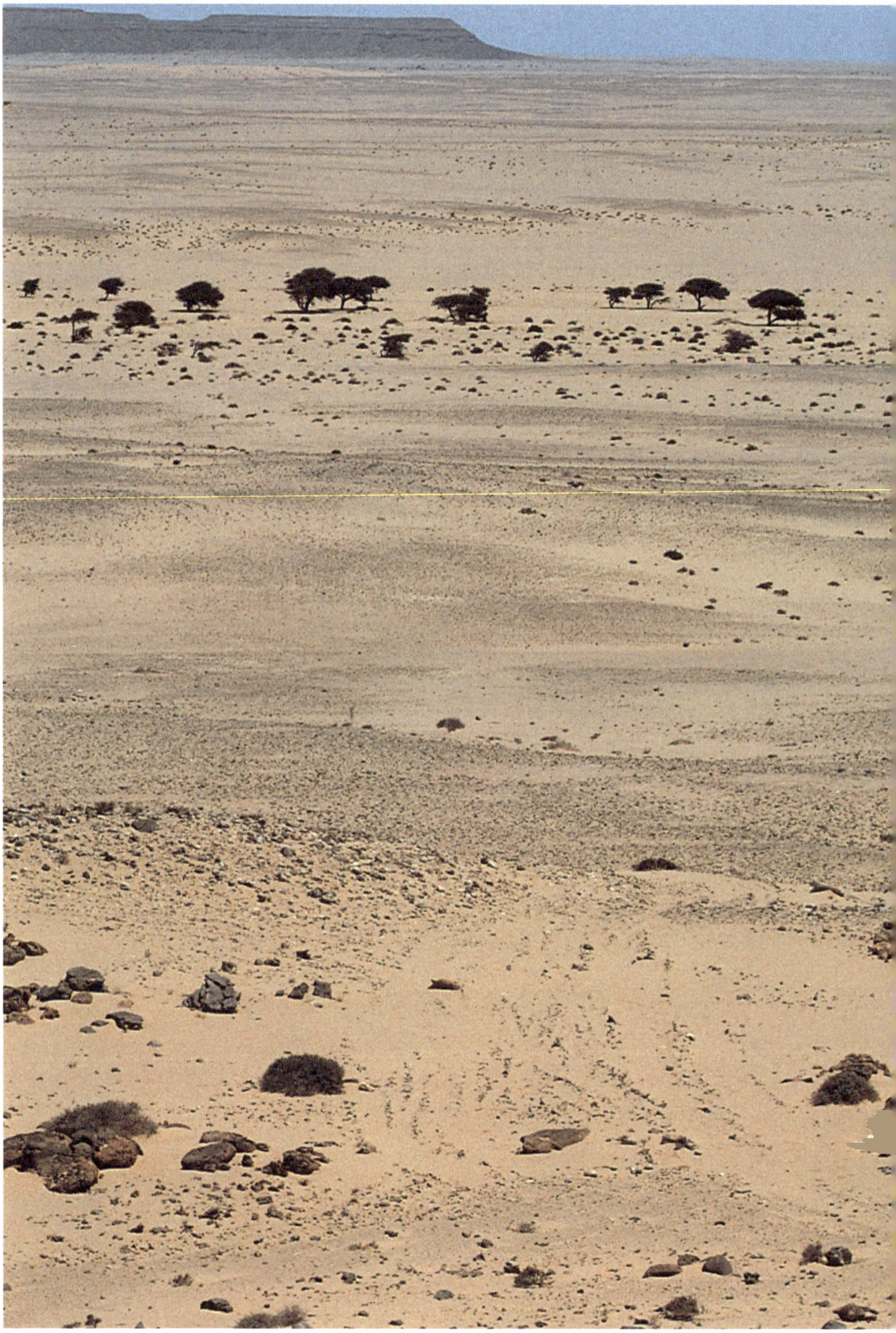

从巨岩顶部眺望撒瑰亚·哈姆拉河谷。

岩石。

特拜拉巨岩

木箱上的木条——这是西班牙人过去从锡兹内罗斯城[1]来这里做生意时带来的。锡德·卜拉欣·萨利姆跟我们强调说这梯子可新了——我们倒觉得他有些夸张了。他说自己年轻时，只有一根不稳的树干可以爬。其实就在不远处，有一根树干靠在巨岩上。一根干枯发灰的树干，很像柏树。

在这样一个树木奇缺的国度（哪里能找到柏树？），这根五六米高的树干不能不让人惊讶。我们甚至可以说这根树干就是西迪·艾哈迈德·阿鲁西当年上下他这块陨石所用的，尽管这猜测不大可能是真的。

悬梯直直地靠在陡峭的崖壁上，与印第安普埃布洛人仪式所用的梯子有些相似，普埃布洛人的梯子从大地穴入口伸出，仿佛直指天空的中心。当我们来到巨岩之顶，一切呼地涌现在面前。人猛然暴露在风吹日晒中，像只从洞穴中飞出的鸟儿，窒息，目眩。

风来自西面，来自河谷深处，来自悬崖各个方向。风的力量源于沙漠，源自大洋。当我们第一次见到巨岩，想到的是艘大船。这里，在岩顶，人就像在大船的甲板上，被远海的狂风吹着前进。

唯一的不同，是周围景致的静滞。阳光让我们头晕目眩，只得坐下。JMG 想望尽这片风景的所有细节，以自己为中心，

---

[1] 今天的西撒哈拉城市达克拉。

沿着地平线慢慢转身,用相机拍下每个部分。巨岩上面是倾斜的,越往东面,越往船头越高。船尾部分更加宽大;船尾,则像个城堡,高低起伏。

摩尔人向导寻找着圣人在岩石上留下的印迹。他在船尾发现了,就在驾驶舱形状的岩石边缘。岩石上有两个洞,尽受侵蚀,填满沙子。这就是西迪·艾哈迈德·阿鲁西脚印。岩石似乎在洞的前面竖起一排矮墙。风雨将岩石腐蚀得非常厉害,处处都是小洞,岩石变成了锯齿状。矮墙顶部有两个凹槽,形成一座讲经台。圣人拿着念珠进行祷告时正是将双手置于矮墙之上,面朝太阳升起的方向。

我们先后试着把手脚放进印迹里。但是 JMG 没有平衡感,风把他吹得直晃荡。向导也没明白,笨手笨脚地试了下。还是杰米娅的哥哥给我们演示了如何去做。他本能就明白了。他把两脚放进洞里,双腿岔开,就像在马镫上站直了一样,挺直了胸脯,双手自然就放进了矮墙顶端的凹槽里。

距今五百年前,西迪·艾哈迈德·阿鲁西的一名后人第一次回到撒瑰亚·哈姆拉,在特拜拉巨岩的顶上重现了祖先的姿势。

西迪·艾哈迈德当时应该就是这样的姿势。他跟锡德·巴希姆·萨利姆一样高大瘦削,面孔被太阳晒得发干,穿着相同的黑色长袍,在风中飘荡。他站在晨曦之中,双脚嵌进洞里,以此抵挡狂风,抗拒疲倦,双手与胸齐平,抓着乌木籽

特拜拉巨岩

做的念珠，面朝麦加的方向凝视日出。

　　他与我们同在，就在这里，我们现在看到的正是他当年看到的。那时的河谷跟今天相比应该没有多少变化：广阔、空寂，是思想聚合之地。或许当时下方有座满是帐篷的村庄，旁边的河流与黑色的树木共同画下长长的墨线，从西到东南，直到最后墨迹消失在沙漠之中。或许那里曾经有大麦和小麦田，有大片的葫芦和阿拉伯胶树？

　　今天，唯一留下的是巨岩顶部的这些痕迹，围绕石柱的石圈，和刻在黑色悬崖上的这些名字。其他所有人类的痕迹都已消失不见。

　　隐约可以辨认出朝圣者的汽车压出的小路，不然就只能是军队巡逻小队压出来的了。风不停地吹，小路很快就将消失。这里，除了圣人的目光，能够长存的别无其他。

　　蹲在巨岩岩顶，刚好可以看到圣人一生所见。满眼的沙漠和岩石，一望无际。西边，是将撒瑰亚一分为二的深色高原，如同高墙，如同从船上望见的海岸。沙漠平原消失在这座灼热的砂岩绝壁之下。

　　北边，河谷以新月形展开，月弯儿里是浅色的沙子，直到天际。还有跟巨岩一样的遭受侵蚀的深色小丘。

向东，斯马拉城的方向，高地形成一级台阶，下方是地下河的另一分支，由矮灌木勾勒而出，灌木的枝条弯倒下来，如同疲惫不堪的沙漠商队。

还有远方的山坡，沙丘顶上的深色长条，阴暗的凹陷，模糊的小丘，河谷里各个方向都有的冲沟，还有散落的石块，几乎没有影子，像是"维京号"火星探测器从火星传回的照片里的熟悉又神秘的石头——我们甚至已经辨认出被天文学家命名为迈达斯的香肠形状的长条石头，这个名字来自于著名的排气管品牌。

我们可以在这里待上几天、几个月，甚至几年，辨认河谷的每个细节，让自己沉浸其中，发现每一丝变化、色彩的变动，观察天上的云彩，西边的卷云，南边轻盈的絮状云，东边散开的灰色斑点，在苍茫的大地之上被调成了绿色，就像透过锈水去看一样。

将游牧民族与定居民族（也就是城里的居民）分开的，是一种天资，如同船上水手的天资，爱斯基摩人在浮冰上的天资，可以分辨最微小的变化，在别人看见的一片虚空中欣赏不同的风景。在这里，我们需要学习一切。

西迪·艾哈迈德的目光无处不在：它在空中闪耀，照亮了河谷，它在每块石头、每丛细弱的灌木上颤抖，它欢快地沿着柔和的天际线前进。推着我们的风儿正是吹向他的风，让他必须在特拜拉顶上靠着矮石墙站立。他在巨岩上度过了

特拜拉巨岩

多少年月？风雨在他赤裸的双脚下冲蚀出坑洞，就像浪头冲进沙滩沙子里留下的印迹。

这里曾是他的领域。他没有建造辉煌的建筑，他没有筑起寺庙宫殿，竖起城墙，他的力量在沙漠之中。他的力量存在于他的目光与意愿之中。他将这座河谷赋予阿鲁西依纳人，将其变为他们的出生之地、必经之路和临终之所。而他，从未离开他们。

我们尽可能久地待在巨岩之上，去看，去听，去呼吸。从河谷深处吹来的风儿不停地在岩石的小洞里呼啸。千年之后，万年之后，巨岩终将矗立，只是会被沙粒侵蚀，有些地方被雷电所击，遭受炎热与冰冻的交替袭击。巨岩的下方风并不大。间歇的风儿一阵阵吹过来。我们就这样重新回到地面，有沙丘、山沟为我们遮风。我们绕着巨岩走，为了寻找何种印迹？我们真的如此需要找到一点标记，一点记号？

但是那里一无所有。河谷和西迪·艾哈迈德·阿鲁西期望的一样，不搞任何偶像崇拜。这里只有巨岩，沙漠，远处的深色悬崖，蜿蜒曲折的地下水，还有天空，云朵写下的东西消失其中。

西迪·艾哈迈德·阿鲁西在他那岩石瞭望台高处究竟在看什么？锡德·卜拉欣·萨利姆指出了天上"苏利亚"，也就是七姐妹星团升起的地方。麦加就在那个方向。游牧民族鹰一般的眼睛能看到七姐妹星团的第七颗星星，也就是他们所称

99

锡德·卜拉欣·萨利姆教长站在巨岩前方。

的"考验"。

很容易想象，西迪·艾哈迈德每夜从巨岩高处凝望星空。他跟随星辰运行的轨迹，或许他在一本书的书页上记下了自己的观察记录，就像伊本·西纳（阿维森纳）和伊本·路世德（阿维罗伊）那样。他等待天记星的归来，西方人将天记星称为埃及古壶，是南船座船帆的最后一颗星。夜幕降临之时，当他看到这颗星闪耀在地平线上方，他就知道，冬天来了，恩泽之雨即将来临。

我们离开了这里。谈话间，我们之前爬过的沙丘便挡住了特拜拉巨岩。风停了。我们靠近吉普车时，看见无数小蝇在最后一丝暮光中舞蹈。

然后，我们再次回到河谷的孤寂之中，漂浮在一片沙海之上，没有开始，也没有尽头，小灌木蜿蜒的线条与海市蜃楼混为一景，亮白的沙面迷惑了感官，令我们失去了方向。

天空已经有点夜晚的灰色。明天是阿伊德·凯比尔[1]，祭血的重要节日，纪念亚伯拉罕的牺牲。牺牲品的鲜血在天上画下了永恒的银河。锡德·卜拉欣·萨利姆以过来人的威严而带有善意地要求我们离开。有谁知道我们何时能再重逢？

对于杰米娅来说，来到巨岩这里已经标志着旅程的结束。除此之外绝无其他。JMG 只是一名见证者，充满好奇，其

---

[1] 宰牲节。

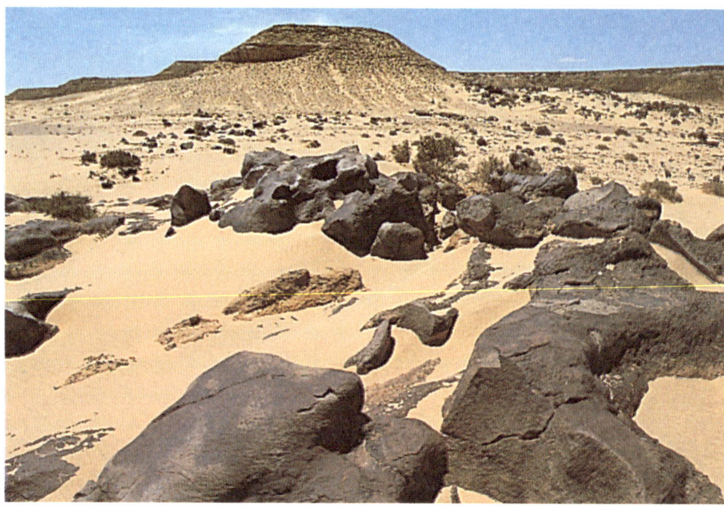

特拜拉巨岩

实跟路过、惊颤然后遗忘的游客没有两样。但是对杰米娅而言，这就像触碰到了自己出生的真相，触碰到了第二个自己，遥远又难以靠近。JMG 每天都可以回来，画画，拍照，通过神秘的悬梯爬上巨岩岩顶，畅饮风之源泉。而杰米娅呢？似乎这终极的一步从她身上带走了什么，同时又给她带来确定的真实。或许被带走的和带来的是唯一的同一件东西。在内心，在岩石中心，在存在的中心，一扇门向"道"敞开了。

塔里卡,道

> 一个偶然一个必然,噢,傻瓜们!
> 寻道无需去他处,只需追寻导师内心
> 清真寺就在圣人心中,万众均可祷告:
> 因为真主就在那里。
>
> 鲁米,《玛斯纳维》第一卷。

我们永远不会忘记巨岩,不会忘记它周围的赭石地带,波浪般的沙丘,黑色的岩石,西边截断了河谷的悬崖,沿着地下河蜿蜒的瘦小矮灌木画出的线条,更不会忘记这呼啸的狂风,这片天空,这般静寂。

公元一五〇〇年左右(伊历九〇〇年),西迪·艾哈迈德·阿鲁西由名为布·达利的圣人带来这里,来到里亚德[1],来到撒瑰亚·哈姆拉河谷。能够施展神力(阿亚特,神迹),像鸟儿一样在大地上空快速飞行(塔伊阿尔德)不过是苏菲导师们的本领之一。

---

[1] 原文为 Riyad,阿拉伯语意为大花园,这里并非指沙特首都利雅得,因此采用不同的译法。

拉赫曼·布·达利将西迪·艾哈迈德·阿鲁西从牢狱救出，抓住他的皮腰带，将他一直带到沙漠。他是在突尼斯城传授"塔萨沃夫"（苏菲派教义）之道的一名导师。他或许有个姓布·达利的后代，叫做哈吉·穆罕默德·阿拉什，是一名信士，在十八世纪起义反抗以突尼斯城首领为代表的奥斯曼帝国势力，人称萨西波·瓦格特，光阴导师，以示尊敬。因此，西迪·艾哈迈德·阿鲁西的起义是北非民族主义反抗外国势力的最早表现之一，他们无论面对的是玛吉勒阿拉伯人、土耳其人或是法国、西班牙基督徒，都奋起反抗。西迪·艾哈迈德·阿鲁西落下的地方在沙漠中央，叫做里亚德，即花园。阿鲁西依纳人解释这个名词时，总会提到黄金年代，当时红河的整个格拉依尔（积水农田）地区都有奴隶和从属部落耕种农田，长满了各类作物和果树。

然而这个名字更容易让人想到苏菲诗歌的一个隐喻。

当西迪·艾哈迈德·阿鲁西来到撒瑰亚·哈姆拉，见到的居民更亲近异教。他们虽然听过伊斯兰教，但是蒙昧无知，只懂得以武力解决问题。

那时的河谷是一片野地，有猛兽出没。河谷有时如同地狱，烈日灼烧，着实是暴力与死亡之地。居民们变得冷酷而坚韧；他们身上不仅拥有哈桑后代阿拉伯人的尚武个性，而且有着柏柏尔桑哈迦人敏捷的身手和强大的适应性，能够猜测水源所在，能够日夜兼程，不知疲惫地为他们的畜群寻找

塔里卡，道

牧地。他们如此不同寻常，西迪·艾哈迈德·阿鲁西决定改变他们的信仰，用文明教化他们，就像对待珍贵的种子，让这座荒凉的河谷变成真主眼中的花园。他正是这样做的。我们离开特拜拉，走上去西迪·艾哈迈德·阿鲁西村庄的道路，忽然间，过去发生在撒瑰亚·哈姆拉的景象出现在眼前；里亚德，花园在沙漠灼热的沙子中出现形成。我们所见不过是幻影表象，或者更确切地说，是通向另一个世界的大门，如沙漠一般无垠；塔里卡从这里开始，它是通往永恒的大道。光与风从这座大门进入。巨岩周围地带的坚硬岩石，云彩的图样，地平线的每个细节，都是看得见的引领，有如在另一座河谷之中，圣人的爱庇护着他的族人。

　　西迪·艾哈迈德·阿鲁西传说中的一切都让人联想到苏菲派教义。

　　他四处漂泊，与先知穆罕默德及其后代有着相同的形象：阿布·贝克尔、哈德拉特·乌韦斯·加尔尼、殉教者萨义德·侯赛因、伊本·西纳，四处传播自己思想的流浪狂人马杰努恩·加兰德尔，四海为家的苦行僧优素福。

　　西迪·艾哈迈德·阿鲁西的一生如同一位"瓦利·阿拉沙"，即真主亲近之人，苏菲派导师。在拉赫曼·布·达利的教导下，年轻的西迪·艾哈迈德得以继承的是历史上最伟大的几大哲学思潮之一的思想，里面杂糅有先知的教诲与希腊人的理性、圣经的力量、吠檀多的深刻冥想，还有基督的讽刺。

自年轻时期开始，他就以波斯苏菲派伟大导师为榜样：沙里（戒行）派的创始人阿布·卡西姆·朱奈德，伊玛目、诗人阿扎利，因为敢于肯定人与真主一体而被折磨致死的曼苏尔·哈拉杰，《鸟类大会》的作者法里德丁·阿塔尔，还有尤其将语言发挥到极致的土耳其人贾拉鲁丁·鲁米。

不过，他也许同样受到安达卢西亚伟大思想家的影响，正是因为这些思想家，非洲才成为苏菲派中真主所选之地：因为一个住在洞穴里的行乞者而改变信仰的的塞维利亚人阿布·马迪安，还有从他那儿传承衣钵的阿卜杜·阿卜杜拉·哈克，接受了他的希尔恰，即羊毛长袍。阿布·亚扎，柏柏尔圣人，能读人思想，与猫交流。尤其还有教长伊本·阿拉比，出生于塞维利亚，师从的是墓地里的死者，揭示了最为朴实、最为纯粹的信仰，因此得名穆西伊·丁，信仰之魂，还有一个别名马西德－丁，取消一切宗教之人。

或许他们就是将西迪·艾哈迈德·阿鲁西领入"西尔西

拉"之人，这一精神谱系是一条截不断的锁链，将先知的所有后人连在一起。

在突尼斯城，西迪·艾哈迈德或许像伊本·阿拉比一样，在阅读哈迪斯[1]时获得了启示，真主的启示就在圣训的诗句中：

> 我是宝藏，我不为人所知。
> 可我希望为人所识。
> 我创造万物，为了让万物认识我。
> 然后万物就认识了我。

或许他跟随伊本·阿拉比的脚步，从突尼斯城到菲斯，直到摩洛哥南部，学习马拉克希[2]的教诲。但是时代改变了。十五世纪末，已经无法像伊本·阿拉比的时代那样四处旅行，横穿阿拉伯世界，从西班牙到埃及，从大马士革到印度。

西迪·艾哈迈德·阿鲁西童年时代纷乱，原因在于阿尔摩拉维德王朝的衰落，安达卢西亚的阿拉伯人被迫离开。一四九二年，阿拉伯人因溃败与没落将北非拱手让给了最初的基督徒入侵者，激发了沙漠圣人的神秘主义。

---

[1] 即伊斯兰教圣训，是对先知穆罕默德的语言和行动的记录、评估和汇集。
[2] Al Marrakshi，摩洛哥苏菲派圣人的名字。

和艾哈迈德·雷盖比一样，西迪·艾哈迈德·阿鲁西也是最早揭露统治权威腐败不公的人之一。苏菲派的导师与恶势力斗争不靠武器，靠的是他们话语的权威，他们自身纯粹的典范，他们自我牺牲的力量。

特拜拉是西迪·艾哈迈德·阿鲁西在这场起义中选择建立自己的民族的地方。在撒瑰亚·哈姆拉里闪耀的，不是宫殿，也不是清真寺，而是河谷那令人崇敬的赤裸与空寂，因为这里没有什么能搅乱感官，人可以感觉离真主更近（就像夏尔·德·福科勒[1]在阿哈加尔高原一样）。

西迪·艾哈迈德·阿鲁西没有建立城市，征服人民。生命自他而来，就这么简单。桑哈迦游牧民族在巨岩旁支起帐篷，挖井种田。他们痴迷地听着这位仿佛来自另一世界的人的教诲。他既不害怕烈日的酷热，也不恐惧夜晚的寒冷，他能整夜站在石船之上，面对太阳升起的方向。他在灵魂出窍时见过死者的世界，他的目光能触及整个天际，甚至不需要回头——瓦杰赫·比·拉·加法，即一张没有颈背的脸，这是人们给伊本·阿拉比的别名。他穿着羊毛长袍，

---

[1] 夏尔·德·福科勒（Charles de Foucauld,1858-1916），法国军官，后成为探险家、地理学家，天主教神父、隐士和语言学家。

四季不变，似乎从不睡觉，几乎不进饮食，始终向族人讲述播撒爱的完美的真主。他对他们说，真主不与强者富人同行（马林王朝君主和塔鲁丹特的黑苏丹的腐败政权），真主与他们同在，在这座河谷，与他们共贫苦，共寂寞。外来人说河谷这里一无所有，但是相反，这里有完满的思想和无尽的爱。

撒哈拉的游牧民族在西迪·艾哈迈德·阿鲁西身上看到的是一个真正的阿克巴尔教长，在战乱动荡的年代保护他们，为他们祈福，让他们成为战士，并形成谢里夫，即圣裔。他们请他走进帐篷，分享食物和水。西迪·艾哈迈德·阿鲁西与桑哈迦的几位女子结合，走进他们的家庭，通过血缘与民族相连。他的后代形成了阿鲁西部落的三大谱系，乌利德·西迪·布·迈赫迪家、乌利德·布·马迪安家和杰米娅所属的乌利德·哈里法家。

我们在苍茫的暮色中向斯马拉前进。现在我们明白究竟是什么在背井离乡之后依旧能穿越时间的障碍得以流传。

就像遥远的星光花上几个世纪的时间穿越太空一样，十六世纪在撒瑰亚·哈姆拉闪耀的光芒继续世代流传。西迪·艾哈迈德·阿鲁西为族人所降的福祉，不会因任何尘世力量所消减，没有任何法律，没有任何君主能够将其摧毁。在这一点上倒与沙漠相似：它是永恒的语言，没有时间界限的完美，没有具体形象的真理。

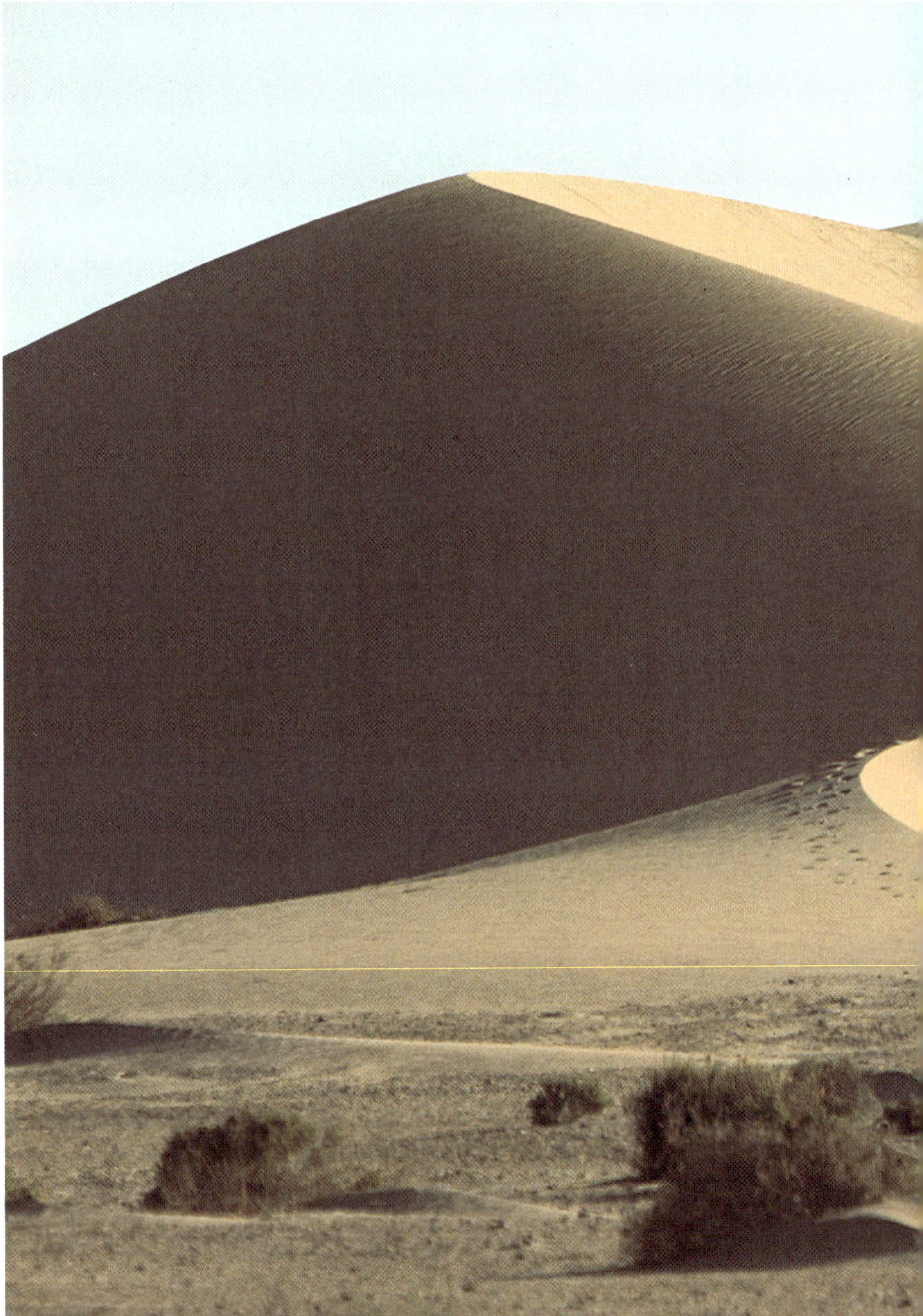

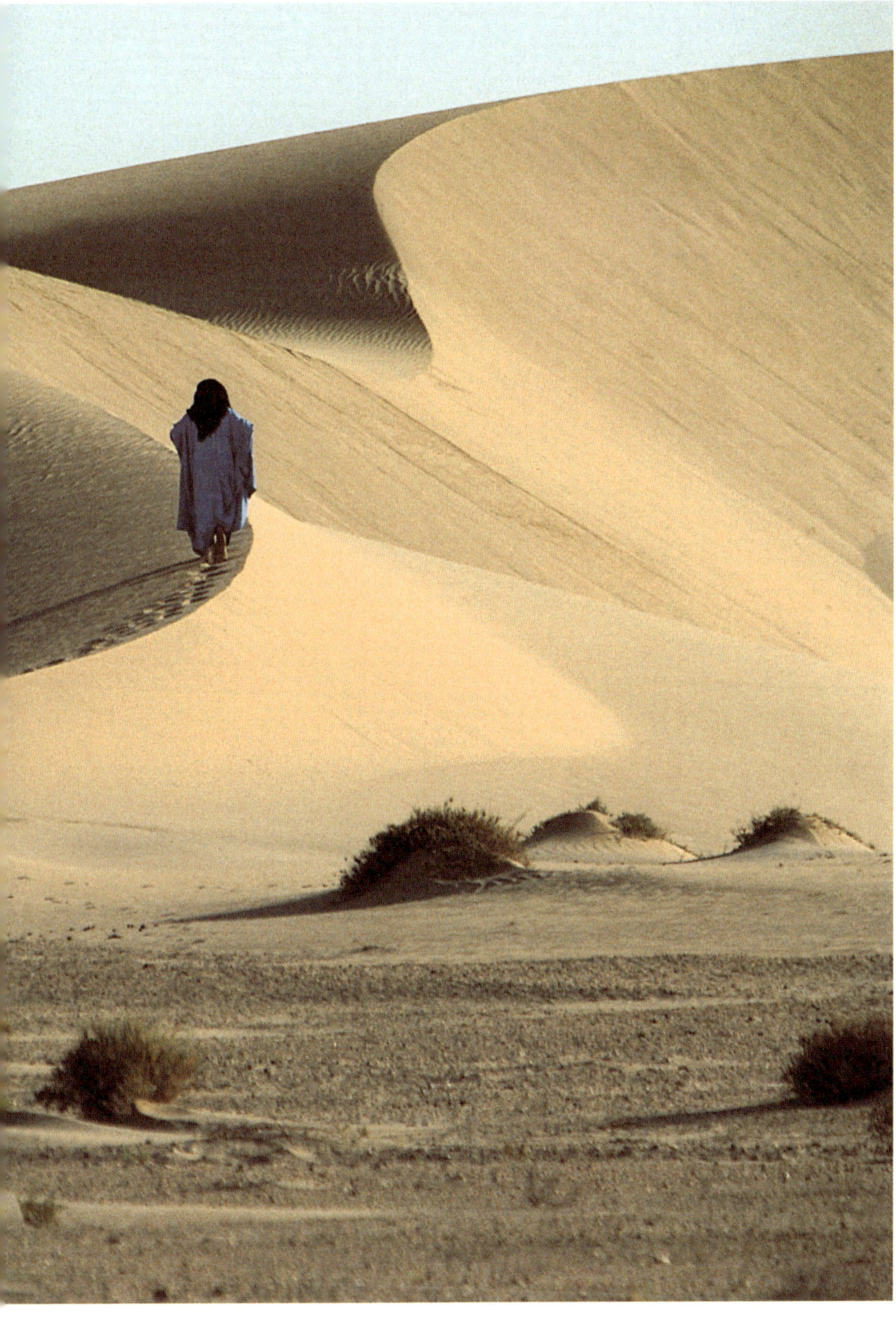

跋

> 这个世界是座高山。
> 我们的行动是声呼喊，
> 回声总是传回我们这里。
>
> 鲁米，《玛斯纳维》第一卷。

西迪·艾哈迈德·阿鲁西的房屋在身后大路上消失的那一刻，我们感觉内心失去了什么，我们不再完整。

我们离开撒瑰亚·哈姆拉，不知是否有一天能重新归来。我们不过是单纯的旅者，过路的鸟儿。可是告别的时候，锡德·卜拉欣·萨利姆教长为我们祈福，仿佛我们已经成为这片大地的一部分，不再是异乡人，而是他们的亲人。而我们，我们为这里的人做了些什么？我们能够做些什么？

我们别无他法！沙漠中的阿鲁西依纳人与我们认识的其他所有民族如此不同。尽管我们做出努力，尽管我们阅读了大量书籍，听过了很多传说，尽管我们对这里的人们表现出无比的青睐和好感，秘密依旧存在，或许因为我们身上缺少他们非凡的淡然特质。

这些男男女女并不无知。他们的生活与当今世界也有联系，他们时不时在斯马拉、达赫拉、阿尤恩接触到现代生活，有时通过电视屏幕看到些画面，他们也尝过美食，喝过汽水，他们也乘交通工具，买工业产品。但是他们总会回到沙漠。

展现游牧民族非凡适应能力的最具冲击性的表现，或许就是他们开着路虎穿越沙漠，与骆驼群汇合的画面了，路虎车顶配备了太阳能接收转换器，可以在中途休息时为他们在帐篷下提供电能。更有冲击力的或许是锡德·卜拉欣·萨利姆在阿拉伯半岛乘飞机进行骆驼大赛的场景了……

云之族将适合他们的进步成果拿来为己所用。其他方面，他们则选择继续遵循传统，在宗教情感——即遵循生活之地迫使他们严格遵从的戒律，和对先人西迪·艾哈迈德·阿鲁西的信仰的引领下前进。

游牧民族生活的特点，既不是严酷，也不是匮乏，而是和谐。

是他们的知识和对身处大地的掌控，也就是对自身限度的精确估计。

我们的认识受到惯例的限制，对我们来说，这种简单的认识很难掌握和理解。

我们生活在被社会习俗、国界、财产观念、贪图享乐、拒绝痛苦和死亡所局限的世界里；在这个世界里，没有地图、证件、钱币，人寸步难行，在这个世界里，人逃不出既有观念，逃不开图像的权威。而他们，却依旧像西迪·艾哈迈德·阿鲁西来到沙漠时所遇到的那样，没有任何都市社会的权利与义务。

他们是地球上最后的游牧民族，时刻准备着收起营帐向更远处进发，走到他乡，走到雨水落下的地方，走到千年的迫切需求呼唤他们的地方。他们与风相连，与天相连，与干旱相连。他们的时间更加真切，更加真实，以星辰运动和月相计算，从不按预先定好的计划行事。他们的空间没有尽头，眼有多大，空间就有多大，想走多远，空间就有多宽广。他们的目光无比敏锐，能觉察岩石或砂砾的一丁点变化，在这风景中，能发现其他人只会觉得无趣或恐怖的多样性与美感。

或许，我们了解的只是云之族的一点皮毛，我们没有可以与他们交换的东西。但是从他们身上，我们获得了珍贵的财富，男男女女自由生活（还能持续多久呢？）的典范，直至完美。